AF289419

Ludwig Weibel
Wo nie geschaute Früchte hangen
Geistesblitze

Bibliographische Information der Deutschen Nationalbibliothek. Die Deutsche Nationalbibliothek verzeichnet
diese Publikation in der deutschen Nationalbibliographie,
detaillierte bibliographische Daten sind im Internet über
http://dnb.dnb.de abrufbar.

Herstellung und Verlag:
BoD – Books on Demand, Norderstedt
ISBN 9783758312083

Ludwig Weibel

Wo nie geschaute Früchte hangen

Geistesblitze

Inhalt

1

Raffinierte Gewinne

1.1

Ich warne dich von Zion aus, mehr zu wollen als du kannst und raffiniertere Gewinne zu erzielen, als es dir und deinem Anhang tunlich wäre.

Was sich anliess wie ein Scherz, ist nur allzu oft zum blutigen Ernst geworden und hat Unheil statt Behagen angesetzt im Reihum der handelnden Gemüter. Dabei will *Ich* es immer so begonnen und vollendet haben, dass Gehöriges wie Bekömmliches herausschaut aus den mannigfachen Operationen.

Ich werfe auf und vieles fällt gerade dir zu Füssen nieder, um des Wohlstands Willen, der dabei für dich ersteht. Du brauchst es nur noch emsig aufzuheben, damit es dich beglückt und deinen Tagen Glanz und Glorie verleiht in sagenhaften Applikationen.

Was an dir liegt, ist immer dann besonders wohlgetan, wenn es von Meiner Seite stimuliert, inauguriert und angerichtet worden ist zu einem Arrangement unzweifelhafter Schöne.

Was bildlich vor Mir steht, will durch dich manifest, handgreiflich und berührend werden, so wie alle grandiosen Werke es im Grunde sind und ewig bleiben.

Ohne Skrupel sollst du das in Szene setzen, was Ich als deiner würdig und geziemend, angemessen und gemäss erachtet habe. Das wird dann zur warmen Glut, die dein Blut und deine Sehnen in Bewegung hält, von Meiner hohen Warte aus gesehn.

Ich händige dir aus, was nur für dich bestimmt und angerichtet worden ist, schon vor der so verheissungsvollen Morgenröte. Das wird dann zu einem Fest des füglichen Verwertens Meiner Gaben, wie zu einer Nummer, die besticht und über die noch lang geredet und gewerweist wird im Gewoge der betroffenen Gemüter.

Ich weiss, du kannst Erhabenes gebären, wenn du's nur willst und wenn die Zeichen von Mir auf gehörigen Erfolg gestellt sind, Meiner Eigenart gemäss.

Du ruderst, währenddem dich Meine Winde hurtig über Seen und Meere treiben würden, wenn du sie nur erkennen und erfassen würdest für dein ultimates Wohl.

Du wirst Mich noch gehörig kennen lernen, wenn du nur die Augen und die Arme öffnen willst, Meiner Bildung, Schilderung und formidablen Seinsbewusstheit, Liebenswürdigkeit und unermessnen Sternenpracht entgegen.

1.2

Das Verknöcherte muss in den Hades fahren, das Seelenvolle rückt vom Himmel nach und erfüllt die Welt mit Wohlverstand, Vertrauen, Glück und Herzensfrieden.

Was immer Ich kreiere, willst du kosten; koste doch von dem, was Ich dir ständig offeriere: Überlegenheit im Guten, Gutmütigkeit und cleveres Benehmen.

Deine Wachheit fördert allerhand zutage, was dem Ganzen nützt und ganz besonders dir, dem so sehr bewanderten in Sachen Synergie, Prophetentum und bewundernswertem Wohlverhalten.

Was Ich noch zu erwähnen wichtig finde ist, dass deine Kräfte, Kapriolen, Hurtigkeiten und Mandate allesamt von Mir und Meinem Umfeld stammen, um den deinen Pfiff und Schwung und blanke Forschheit zu verleihen.

Ich zähle down, derweil du aufzählst und nie fertig wirst damit in deinen überbordenden Ambitionen. Ich hingegen steure auf ein klar bewusstes Ende zu, dem ein fulminanter Start folgt in die übersinnlichen Affären.

Meine Leistungen sind Legion und sind so strukturiert, dass eines auf das Andere gebaut ist in famosen Fertigkeiten und erfinderisch gesättigten Gedankengängen.

Es mach Mir keine Mühe, Meinen Stil von weit her eng an Mir vorbei in neue Weitungen zu pflegen. Das zeitigt starke Reize und Verbindlichkeiten und generiert am Laufband ausgezeichnete Modelle, die an Schubkraft, Eleganz und mustergültiger Performance alles überbieten.

Im Grund genommen will Ich nie zu Ende kommen mit den Erzeugnissen von Phantasie, Erfahrenheit und Tatkraft, die allesamt ins Ressort Meiner Fähigkeiten und Gestaltungen gehören.

Soviel wie all dies kann dir auch gelingen, wenn du festen Tritts vorangehst und nicht locker lässest im Bestreben, lückenlos, wahrhaftig, und von Begeisterung beseelt zu sein am Sein und Leben, Sinngedicht des Wirkens sowie Selig-in-dir-Ruhn.

Was du als würdig und galant erkannt hast, kannst du ruhig in die Wege leiten, denn es kommt alleweil von Mir und Meinem seinsgesetzlichen Gehaben.

Ich läutere, was an dir laut geworden ist und schlage leise Töne an, die leichtedings beglücken und dich in die Friedefertigkeit Elysiens kutschieren.

1.3

Gehört ins Reich der Märchen, dass Ich Bin, oder zeigt es sich als wirklich, dass Mein Sein der Ursprung aller Dinge ist, die *sind* und sich im Weltenall verteilen?

Seinserkenntnis ist gefragt bei diesem geistgeschichtlichen Manöver, und bringst du sie dir dar, so brauchst du nicht nach weiterem zu fragen.

Es Ist Mir selbstverständlich, dass Ich Bin und dass Mein Seinsgebiet sich über alles hin erstreckt, wo Leben ist, Natürlichkeit und seelenvolle Harmonie.

Bist Du fähig, dich in diesem Sinne zu begreifen, lässt dich das Erkannte nimmer los und du hast keinen Grund, nach mehr und noch Gescheiterem zu spekulieren.

Gewandt und Meiner würdig ist damit die Rede dir geworden, das Stottern ist dir fremd und alles, was du definierst, fliesst wie Honigseim dahin in aller Welten Graduation, Geschmeidigkeit und Generosität.

Was dich zum Lächeln bringt, hat in Mir längst Glückseligkeit gestiftet und was durch dich gelingen, reüssieren und begeistern soll, ist Mir schon längelang und breitebreit zur allgemeinen Schau gediehen.

Mein Blick ist jeden Sehers ebenbürtig, der da glaubt, die Lebensdinge goldrichtig und geflissentlich durchschaut zu haben.

Ich walle festen Tritts voran und walte seinsgerecht und würdig über Meinen Gütern, dass ihr Sein als sinnvoll und verehrenswert betrachtet werden kann in aller Form und Farbe, die ihm eigen.

Ziehst du aus, so Bin Ich Mir's gewohnt, dort einzuziehn, um dir ein sanftes Lager zu bereiten für den Fall, dass du zurückkehrst und nach Meinem Heil begehrst nach deinen Straucheleien.

Es soll dich nicht verwundern, wenn du für dich selber nicht viel weiter als an deinen Eigensinn gelangst. Dort jedoch mag dich die Einsicht treffen in Mein Reich der Wohlgeborgenheit, der Seinsgelassenheit und des intensen Friedens.

So *wird*, was in dir sein soll, zweifellos durch viele Meistergrade: Gestillt, was verwundet war, seinsbeglückend, liebevoll, wahrhaftig und in sich auf's innigste gediegen.

1.4
Zierliche Nuancen schmücken, was du vor Mir bist, mit seelenvollen Augen. Das gebiert Vertrauen in dein Werk, das innerlich durch Mich gediehen und aussen deinen Stempel trägt, bestaunt von Millionen.

Wer rudert, rudert ständig Mir entgegen und versieht sich damit mit allheilenden Gedanken und Gefühlen.

1.5

Was aufgetaut ist zwischen dir und Mir, kann nie wieder im Gefrierfach landen. Du spürst die sommerliche Wärme, die von Mir ausgeht und die es in sich hat, der Welt den Herzensfrieden, die Versöhnlichkeit, wie das Gefühl der Seinsvertrautheit zu verströmen.

Ich lasse da nicht locker, bis noch jeder, der Mir in die Quere kam, sich auf die Dauer Meiner Gegenwart erfreut in wunderbar beseligenden Massen.

Was immer dich ergötzt, wird dir von Mir getreulich zugeschoben, und was dir Ehre bringt, kommt dir genauso gut von Mir entgegen.

Das Rasche wird in Meiner Hand gemach und das Verstiegene erweist sich unter Meinem Leitvers als passabel und begehrt.

Wie kannst du nur verzweifelt sein, wo noch der Faden irgendeiner Hoffnung vor dir herzieht, einem Wohlbekannten, nämlich Mir, entgegen. Ich kenne dich à fond und kann dir somit Red und Antwort stehn in jedem Fall, der dich zutiefst beschäftigt und im Innersten erregt.

Mein Ratschluss gegenüber dir ist singulär und unter Meiner zündenden Regie brauchst du nicht lang am Federkiel zu kauen, denn es fallen dir Ideen zu, wie Birnen von den Bäumen.

Mich wundert's, dass du deiner Augen Blinzeln nicht schon lang zu Mir erhoben hast, um dich bei Mir beliebt zu machen mit erstaunlichem Erfolg und folgerichtiger Gewähr für Freiheit, Licht und Frieden.

Gekünsteltes ist bei Mir ebenso verpönt, wie unanständiges Benehmen, weil Ich auf Etikette halte, Noblesse und Behutsamkeit im täglichen Verkehr.

Mir reicht es nicht, den guten Willen zu bezeugen, da braucht es ebenso die wohlgesetzte Tat im wollenden Gefühl.

Ich registriere jede deiner noch so flüchtigen Empfindungen Mir zu und honoriere sie mit der bewussten Wohlgeborgenheit in Mir.

Auf keinen Fall brauchst du dich vor Mir zu verbergen, weil *Ich* dich wo du gehst und stehst begleite und dir ein guter Vater Bin in allen Regionen deines Seins und Wirkens, Fabulierens und Vor-dir-selber-recht-Bestehns. Du Bist in Mir, wie Ich in dir auf's Allerfeinste aufgehoben.

1.6

Dauerhaft im besten Sinne ist nur das, was Ich gerade hergestellt und überall verbreitet habe. Es mag lebendig oder tot sein, immer strahlt es Divinität und Würde aus in seinen sagenhaften Aspirationen.

Ich rede dem das Wort: Von Ceres stammt die Fruchtbarkeit, im Hades lauert dir das Tödliche entgegen. Das hat sich aufeinander eingespielt in deiner Hemisphäre, Ich fasse beides unbedingt in

Eins zusammen, um es als das Sein an sich lautstark und eloquent zu propagieren.

Mir schwant nicht nur, Ich weiss wie sich die Dinge überall verhalten, weil *Ich* sie arrangiert und traulich eingerichtet habe. Das hat die Konsequenz, dass Meine Kräfte und ihr Sein sich decken, ohne nach Verlaub zu fragen.

Ich bitte Mir das aus, was Ich zu bieten habe und verlange nichts dafür; dafür verbitte Ich Mir jegliche Kritik von denen, die von alldem nichts verstehn.

Kann sich keiner, selbst im Ansatz und Versuch, gestatten, was Ich wirken will, muss bei Mir alles unbedingt auf's Trefflichste geraten.

Meine Züge sind die Zügellosigkeiten eines Meisters im Verschwenden und dann wieder einzusammeln nach Gesetz und Ordnung in gewaltigen Sentenzen und Begriffen um Mich her.

Nie und nimmer muss Ich Mich verbeugen, weil in Meiner Beuge alles liegt was *ist* und was sich als regsam, tunlich, tugendhaft und allagil erweist in Mir und Meinen Sekundanten.

Ich verfahre nach der Regel: Gut ist gut und gütig noch viel mehr und weiss Mir überall zu helfen, wo Not entstanden ist und Willkür unter Meinem Stab.

Mein Ressort ist von keinem anderen begrenzt und kann sich so bis in unendlich weite Weiten dehnen. Das geschieht durch von Mir stets geheim gehaltene Fermente, die befugt und fähig sind, den Weltenmodus aufrecht und verdienstvoll zu erhalten.

Kennst du Meine Wünsche, kannst du sie auf's Tunlichste erfüllen und dir so Glückseligkeit und Weltenharmonie bereiten, liebevoll und tapfer, sanft und wohlbewahrt in Mir.

1.7

In Kompanie mit Mir kann dir nichts Unbotmässiges geschehn und alle Widersacher müssen schmählich und verdrüsslich weichen.

Das Beklemmende lässt nach und an dessen Stelle tritt die stille Heiterkeit Elysens, von der die Avancierten täglich hoch erfreut und zuversichtlich zehren.

Meine Schichten sind Geschichten von geduldigem Vorantrieb universenweiter Evolutionen, die dem Sein die Blüte unzählbarer Keime und Entfaltungen bescheren.

Nun bist auch du in der bewundernswerten Lage, dich in eigner Kompetenz und Wissenschaft nach dem zu richten und bewegen, was du willst und was Ich zeitgleich will in dir gebären.

Auf diese Weise lass Ich überall und tunlich Meine Absicht wirklich werden, neuen Werten Raum zu geben und sie in der Art und Weise, wie es Götter tun, ins Wirkliche zu heben.

Du siehst Mich niemals kneifen, wenn die Stunde da ist, etwas Wesentliches zu verändern an dem unermesslich komplizierten und komplexen Weltsystem. Da muss es ständig heissen: Geh, sonst wirst du überfahren oder steh, sonst fährt dich einer an.

15

Nun heisst es ständig für dich: Kombinieren und prästieren, aktualisieren und der eignen Meinung zu Vivat und Durchbruch zu verhelfen. Das nennt man dann Erfolg und feiert es in grandiosen Zügen, die noch lange durch die Zeiten hallen in den menschlichen Gemütern.

Du bist nicht blöd und musst dich dennoch stets darum bemühn, nicht als untauglich oder unnütz dargestellt und ausgekocht zu werden. Das macht dich stärker und gewissenhafter als du vordem warst und bringt dich stets voran in deinen vielverzweigten Windungen, Verwunderungen und perfiden Komplikationen.

Du trittst so auf wie einer, der erkannt hat wie es sich verhält und worum er kämpfen will in seinen mannigfachen Dispositionen. Ich aber weiss am besten, wo es lang geht und an welchen Bäumen auch für dich die süssesten der Früchte hangen. Das leitet dich zu Mir und vereinigt dich mit dem, was Glück gebiert und Achtung vor dem Unermesslichen gebietet.

1.8
Feiere Tod und Auferstehung als zusammen-hängendes Ereignis von besondrer Wucht und überragendem Bedeuten. Was hat es denn auf sich, dass du gewissermassen Federn lässest und den Leib verlierst, derweil dein geistig Wesen sich im All verbreitet als im Sternenarsenal?

Worauf du nur hoffen kannst, ist Mir schon längst Gewissheit, Ebenmass und trauliche Regie gewor-den in des reinen Seins erhabenem Befund und richtungsweisender Standarte über Mir.

Was Ich dir hier erzähle, wird dem Menschenvolk dereinst kulant sein wie das ABC am Anbeginn der Schulung. Du witterst es zwar heute schon, doch dann verwittert es dir wieder, weil du ihm zu wenig Achtung schenkst in deinem struppigen und ruppigen Dich-selbst-Bewahren.

Das Heldentum von einst wird wieder Auferstehung feiern, jedoch in einer Art und Weise, die sich merklich abhebt und emanzipiert von ihm. Es ist der Gang der Seele zum gewaltig aufgebauten Gottaltar, an dessen Stufen sich ihr Sein so recht entfalten kann zu einem Dasein in Gerechtigkeit und Güte, Wohlbedachtheit und gottseligem Genügen.

Ich halte dir dein Wegbild vor und du bist von Mir angeregt, es tunlichst zu ergreifen und damit den ersten, tapfern Schritt zu tun in Meine Gründe, Galerien und Erspriesslichkeiten kosmischer Dimension.

Im Grund genommen weisst du kaum, wie dir geschieht in deiner lebelangen Ausfahrt, wie in deinem mannigfachen Schiffbruch-und-Malheur-Erleiden. Das ist von Mir gewollt, weil du dahin tendierst, mit Meinen Wundergaben Unfug und Allotria zu treiben bis zum Gehtnichtmehr. Das treibe Ich dir gründlich aus, indem Ich dich zuzeiten Mangel leiden lasse, bis du auf den Knien um Gnade bettelst und Begradigung der krumm gewordnen Tour.

Ich stehe prächtig, mächtig auf, um dir den sonnenhellen Freudentag und Herzensfrieden zu verkünden. Du eratmest ihn und fällst in Dankbarkeit und Rührung vor Mir nieder.

Das ist das Paradigma einer Neuzeit, in die Ich dich und alle Völker liebevoll entführe. Alles blüht dann auf und es beginnt des ewigen Frühlings Wonne in herzinnigem Erleben.

1.9

Das hab Ich nun davon, dass von den Vielen, die von Mir berufen sind, sich nur so Wenige als auserwählt betrachten, Mir zu folgen, statt auf krummen Touren weiter durch das Leben zu stolzieren.

Ich lade ein, derweil du unbeirrt herumschleichst um den Laden, der dir alleweil weitoffen steht, um einzutreten.

Im Prinzip kann alles machbar sein, was auf Meiner wie auf deiner Liste der Verwirklichungen festgeschrieben steht. Dennoch kann es nur geschehen, wenn die Kräfte dazu reichen und der Wille weiter dazu steht.

Zu stolpern ist Mir nimmermehr gegeben, weil Ich firm und fertig geh und aufrecht steh im Zuge Meiner Seins-Verwirklichungen.

Ist Mir etwas makellos gediehen, gedeiht es Mir das nächste Mal noch mehr, weil die Erfahrung Fortschritt zeitigt und der Wille zum Gestalten Mich zutiefst bewegt.

Einen trefflich gepflegten Garten mit träumerischem Blick zu übersehn ist auch nicht ohne und kann von jedem, der da willl, akkurat für ihn gesetzt und hergerichtet werden.

Es ist heutzutags so vieles möglich und genehm geworden, dass die Auswahl schwer fällt und ein starker Wille nötig ist, um es trotzdem zu versuchen.

Nie Dagewesenes wird denn auch immer mit besonderer Sorgfalt, Inbrunst und Manierlichkeit gepflegt und bringt auf diese Weise Freudenlicht ins Haus, Bewunderung und abergläubiges Erstaunen.

Mittendrin bist du und kannst es kaum noch glauben, dass so viele Dinge ganz allein auf dich bezogen sind und auf deinen Herzgesang mit ihnen. Das wertet auf, was in dir unbeschäftigt und verwahrlost war. Ich will dich keines Mangels an Bewegung zeihen, doch du schlenderst nahe an der Grenze zur Untätigkeit dahin, den Tag recht munter ohne zu geniessen.

Eine Fahrt ins Grüne kann auch ohne weiteres auf Schusters Rappen und Relive geschehn und kann dich ebenso begeistern wie das Fliegen kreuz und quer.

Ich danke dir für deine Einsicht in des Lebens wahre Gründe, die da sind: Mein Angebot wie Meines Daseins Zack und Zier. Willst du sein, so sei es stets in Meinem Garten, wo du dich erlebst als liebenswertes Angebind von Mir.

1.10
Renitente lass Ich in den Hades fahren, Blütenreine in den Himmel der Gerechten und zur ewigen Glückseligkeit im Wunderbaren.

Du siehst Mir nicht wie einer aus, der will und somit will Ich dich zur Herzensgüte zähmen. Ich lade dich zur Tafel ein, an welcher das besprochen wird, was sein soll in den niederen, wie in den hohen Welten, die Meiner Rundung und Gesundung, Gutsprache und Erbauung noch aufs Dringlichste bedürfen.

Wo es zu fett wird, pflege Ich bewusst zu schmälern und die Segel einzustreichen, damit die Wohlfahrt nicht in einem Crash beim Kreuzen endet hinterher. Ich versuche es natürlich auch bei dir und habe schon recht viel an Boden und Befindlichkeit gewonnen, die Meinen Richtwert innehalten, wie Mein gütevolles Ziel.

Du kannst deine Seele nur erlösen mit dem Drängen nach gewissenhaftem und gebührendem Kutschieren durch ein Tal des Friedens an dir selbst sowie des tapferen Dich-selbst-Besinnens auf den rechten Ton.

Was Ich an dir veredeln will, soll auch für dich ein Aufwall sein an Herzensgüte, wie an liebevollem Handeln in Gerechtigkeit und Solidarität, Vehemenz, und Seinskapazität.

Frei veröffentlicht setzest du dich in die Nesseln und trägst eine ernste Mahnung mit davon, dass es gescheiter ist dich nicht blindlings durch Gefahrenzonen zu bewegen.

Natürlichkeit soll über allen deinen Werken stehn und natürlich auch Vernunft an dem Gestade, wo die Wasser von der Höhe klatschen und das Baden ungemütlich werden kann.

Mit den Elementen ist so wenig und so viel zu spassen, wie du sie beherrschest und kein bisschen mehr. Dazu ist ein kühler Kopf vonnöten, der die

Lage zu bewerten weiss und damit auch bewirten als ein Könner in der Region.

Fühlst du dich von Mir erhoben, bilde dir nur wenig darauf ein, vielmehr halte dich geschickt dort oben wo die besten Plätze dir erscheinen.

Frei heraus gesagt, kann Ich dich nur so recht begreifen, wenn du zuvor auch Mich begriffen hast im Klartext den Ich spreche, wie im klaren Wasser, das Ich dir zum Bade der Glückseligkeit bereitet habe.

1.11

Nur eine kleine Weile und dann wirst auch du auf's Korn genommen von den Tugendwächtern um dich her. Sie finden das geringste Fleckchen an dir und stilisieren es zu einem Fehler, welcher kaum verwerflicher sein könnte, eingegraben in den Abgrund deiner menschlichen Natur.

Deinen Ruf zu schädigen tut ihnen wohl und dass sie dabei ihren eigenen verbraten, wird ihnen kaum zu Kummer Anlass geben.

Du aber schreitest unbeirrt voran auf deinem Weg der prächtigen Errungenschaften, wie der Passion darüber, dass sie noch nicht greifen und den Menschen Friedfertigkeit und Herzensglück bescheren.

Tritts du zu leise auf, ist es nicht recht, kommst du daher mit mächtigem Getöse, nimmt man`s dir übel und verurteilt deine Sache, eh man sie sich recht besah.

Hinter solchen mutigen Auguren pflege Ich besonders einflussreich zu stehn, um sie in ihrem Tun zu stärken und in ihre Überzeugung Flammenfeuerstoff zu giessen.

Hüte du dich jedoch vor richterlichen und gemeingefährlichen Propheten, die die Welt in Schrecken und Bedrängnis untergehen sehn. Ihnen gegenüber darfst du ruhig und gelassen Meine Werte und Belehrungen vertreten, die dem Weltsein wahre Grösse und Gerechtigkeit verleihen.

Bleibst du stumm, verlöschen dir die Lichter vor den Seelenaugen, bittest du den Herrn um Gnade, flammen sie dir auf und du erkennst, was gut und gütig ist an deinem hingegebenen Gehaben. Dein Schwanken soll zu einem resoluten Schwenker werden hin zu Mir und Meinen wunderbar gesättigten und vielgepriesnen Dispositionen. Sie bringen dich auf Trab und halten mit dir Einkehr, wo immer du zu rasten, oder dich zu äussern pflegst, in der wissbegierigen und seelenvollen Menschenschar.

Mir allein kann es gelingen, Verhältnisse zu schaffen, die allgemein verträglich, akzeptiert und gutgeheissen sind in der Gesellschaft, wie in Einzelnen, die ständig und inständig zu Mir halten. Gläubig und entschieden tauschen sie mit Mir Gedanken ausgesprochner Seinsgefälligkeit und gehen unbeirrt den Pfad des Seinsvertrauens, den Ich ihnen vorgelegt und ausgebildet habe.

Um weiter nichts zu kümmern brauchst du dich sowie du deinen Kummer Mir ans Herz gelegt, und deiner Freude wird kein Ende sein im Lichte Meiner

Wohlfahrt, wie in der Geschichte Meines götterlichten Wohlgelingens.

1.12

Merkst du auf, so wirst du bald bemerken, dass du nicht alleine bist im Raum, den Ich um dich herum gezogen. Ein Etwas rührt dich an und lässt dich heiter oder tief bedenklich werden, im empfindenden Gemüte.

Was hast du nun davon, will Ich dich füglich fragen, wenn deine Seele jauchzt ob einem sonnenwarmen Morgen, oder wenn die Eiseskälte eines trüben Wintertags dich schlottern lässt und frierend zum erbarmen? Das ist das lebendige Leben, Meins wie deins, will Ich dazu bemerken, und somit kommt es darauf an, dass du in jedem Fall Betrachter und Beherrscher deiner Lage bleibst in gemütlichen wie schauderhaften Situationen.

Eine Lebensregel gibt es, die besagt, dass du dich nicht ereifern solltest über jeden falschen Ton, der irgendwo erklungen ist im menschlichen Gedränge, oder über eine neue Weisung, die im Staatsbetrieb erschienen ist, um das Bürgertum zu schützen bis zum letzten Atemzug.

Willst du glänzen, setze eine Krone auf und behaupte dich als wie ein König oder eine Königin in deinem Seinsrevier. Das hat zur Folge, dass die Meisten dich verächtlich Gernegross und Wichtigtuer nennen und dass du am Ende nur verärgert bist über die misslungne Prozedur.

Wahrhaftige Gewinste kannst du nur erzielen, wenn du in bescheidener Regie und kaum bemerktem

Auftritt deine Pflicht erfüllst im Kreise deiner leidenschaftlichen Kumpanen.

Selfisch sein lohnt sich in keiner Weise und ist auch vor Meinem Angesicht ein Gräuel, den es zu vermeiden gilt mit Haut und Haaren.

Meine Lebensliebe aber ist und bleibt ein immerwährender Gesang von Güte und Gelassenheit, Ermunterung und Ausgesandten Gnaden. Ich will das Allerbeste nur für Meine Bürgen und trachte darnach, ihnen einen festen Willen und Beständigkeit, Edelmut und wohliges Gedulden zu verleihen.

Was *Ich* nicht mag, soll auch ihren Abscheu sowie ihren Widerspruch erregen und was Mir als gerecht und gut erscheint, soll ihr beständiges und inniges Vertrauen finden.

Was Ich immer tue, lässt sich recht geschmeidig an und bewirkt Begeisterung, Nachahmung sowie entschiedenes Verständnis für Mein Vorgehn unbedingt und unerschütterlich im wahrsten Sinne Meiner Lieben.

1.13
Eine Periode sanften Friedens muss derjenigen folgen, die Unheil, Angst und Schrecken ausgoss über Land und Meer. Man atmet auf nach mancher Drangsal und geniesst die warmen Sonnentage und erfreut sich an den buntbeflaggten Häuserfluchten, deren Vlies entlang die Augenblicke gern spazieren gehn.

Dem Moderaten wird vor dem Extremen und Gewissenlosen wieder reichlich Raum gewährt und selbst die Kälbchen auf den Wiesen scheinen freudiger umher zu springen, als sie's vordem taten.

Kannst du ermessen, welche Herzensstürme Mich durchtosten und welche Friedeferigkeit sich nun durch Mich bewegt, wo die Gedankenfelder Frohmut schaffen und wo sich der eine Wohllaut des Gerechtseins lieb zum andern legt.

Spitzfindigkeit ist ausgeschlossen, wo der Wille zum Vereinen lebt und kluge Köpfe Sanftmut sinnen, statt aneinander anzustossen.

Ich webe Heil, wie immer in den Himmelssphären, das senkt sich allgemach hernieder auf die Fluren, die schon den Duft der reichen Ernte von sich strömen.

Was die Vernunft gebietet, ist immer dazu angetan Vortreffliches und Freudevolles zu gebären und was sich in Mir hochschwingt soll auch allen Völkern Schwung und Seriosität, Vorsicht und Gestaltungs-kraft gewähren.

Ich treibe aus, was ungehobelt in Betracht kam und entschärfe , was sich um des Renommierens Willen prononcierte. Was durch Meine Hände ging, ist alleweil geläutert und für's treffliche Gelingen präpariert und was Mich eh verehrt, kann schlicht und recht auf Meine Ehrung hoffen.

Wem sagst du, dass du glücklich bist in deinen Schalen, wenn nicht Mir in deiner Seinsbeziehung, wie dem Mut vollends zu Mir und keinem Anderen zu stehn?

Heller glänzen dir die Sterne, wenn du hinter ihnen schon das Licht der Gottheit strahlen siehst. Bedeutenderes wird dir nun gelingen, wo du weisst, dass sie dir hilft, den Alltag zu prästieren.

Da fehlt nicht viel, bis du dem Zauber Meiner Gegenwart vollends erlegen bist und Ich dich formen kann nach Meinem Gusto und gewinnenden Befehl.

Das kommt und kommt im Ernste auf dich zugeschritten in zutiefst glückseligmachender und heiterer Manier.

1.14
Zeitig aufmerken kann sowohl ein Unglück vermeiden, wie eine Sache anders entscheiden, als es noch eben vorgesehen war.

Von Mir Zugestandenes muss stets als dringend, unumgänglich und bedeutsam aufgefasst und dem entsprechend auch behandelt werden. Das schafft Klarheit zwischen dir und Mir und muss nicht ständig nachgebessert werden.

Mir muss Keiner mit geheimnissvoll verschleierten und siebenfach verschlungnen Argumenten kommen, die nur dazu dienen sollen, egoistische Bedürfnisse und Machenschaften zu befrieden. Mein Wille geht dahin, dem allgemein Verbindlichen zu dienen und ihm Mein Handwerk, Meinen Zoll- und Richtwert zuzuhalten.

So Mir nichts dir nichts lass Ich Meine Pläne nicht Parade laufen. Sie bleiben wohlverschlossen hinter eisernen Gardinen, bis der Zeitpunkt eingetroffen ist, sie frei zu lassen vor der Schar der kritischen Gemüter.

Ihnen ist es zu verdanken, dass selbst die geringsten Schnattern und Verwerfungen tunlichst ausgebessert und bereinigt werden, damit das Werk schlussendlich ohne jeden Makel dasteht vor der staunenden Gemeinde aller in den schicken Wohngebieten.

Was Ich einmal ergriffen und begriffen habe, kann nimmermehr ins Wanken, Schwanken und Misslingen kommen, weil es blitzgerade aufgerichtet ist und noch jeder Bolzen an ihm sitzt, als wär es für die Ewigkeit gediehen.

Du magst dir lange noch die Haare krauen, derweil Meine Grütze längst schon das gefunden hat was zählt und zieht und was dem Leben Festigkeit und Fertigkeit verleiht in grandiosen Zügen.

Ich konstatiere bei dir noch, was man als schwächlich, niederträchtig und verknorzt bezeichnen kann im Götterjargon, den Ich Mir wohlweislich und geziemend zugeordnet habe. Das ist schon recht viel, verglichen mit dem Deinen, und muss zügig von dir aufgeholt und in dein Wesen implantiert und eingemittet werden.

So sei es, von Mir dargelegt und immer auch befohlen, damit das Ganze rund läuft und dem entsprechend niemals aus dem Ruder auf der Fahrt ins Seinsgewisse, die Ich inszeniert und bestens eingerichtet habe. Fahre mit und sei dabei auf's Köstlichste bedient, behütet, auferweckt und grossgeschrieben.

1.15

Quadrillen, Tänzerin, magst du alleweil in deinem eignen Gärtchen inszenieren, Handfesteres ist Mir und Meinem Anhang vorbehalten in des Himmels zierlichen Gehänge um Mich her.

Mir schwebt und schwant beständig Schönes vor, an dem Ich Mich ergötzen und befrieden kann in lang gezogenen Sentenzen, schneidend kurzen Interwallen und gezielten Interruptionen.

Wägst du noch ab, ob dir das plausibel ist, so habe Ich schon längst erwogen, dass es Meinem Naturell vollends entspricht und nicht mehr aufgebessert oder süffisanter werden kann.

Mein Trost ist nicht dein Toast und vice versa im gemeinsam durchgeführten Seinsverfahren. Vielmehr hängen die entsprechenden Begriffe ab von Meiner Laune, die bestimmend ist für was geschieht und auch in dein Gebaren eingreift in unendlich dauerhaften Dialogen.

Ich weite aus, was immer Mir zu eng erschienen ist in Meinem Kabinett der guten Hoffnung auf noch mehr. Das geschieht im universenweiten Dehnen Meiner Seinsbegriffe, wie durch Zauberworte, die Meinem, ins Unendliche strebenden Gemüt entfahren.

Wirkung zeitigt, was Ich wollte, wenn die Mir innewohnenden Ideen kraftvoll sich entfalten und schon im Ansatz jenen fulminanten Preis erhalten, der ihrem gottgesegneten Format und Outfit zugehört.

Du schwindest merklich in dir, derweil Ich ständig Mich vermehre und dein Dasein ehre in der Art und Weise götterlichter Spekulationen, die auf's Grandiose zielen. Dann bist du würdig, ganz in Meinem Sinne aufzutreten und damit dem Schauspiel vollends zu genügen, das Ich von dir aufgeführt und angezettelt haben will in wohlbedachten Präsentationen.

Somit ist von Mir beschlossen und besiegelt, was zu tun ist und was allüberall geschehen muss im weltlichen Getriebe.

Es mehren sich die Zeichen, dass Ich reüssiere und dass sich alles fügt und seelenvoll genügt im Umkreis Meiner kosmologisch ausgeführten, allseits akzeptierten, approbierten sowie applaudierten, wohlgelungnen und besungnen Siegestaten.

1.16

Ungemein berührend konnte er den Tasten sein Gefühl und seine Herzgestimmtheit übergeben. Immer schön nach der Devise: Rein ist rein, gab er ihnen forte oder pianissimo ein und diese liessen ganze Säle in Ehrfurcht erstarren oder vor Begeisterung tosen.

Er packt die Leute dort, wo sie noch zu packen sind und berührt ihr Sein im innersten Geschiebe. Damit bist auch du gemeint und innig angesprochen, für den Augenblick, wie für das Ewige, das sich in dir erwartungsvoll bewegt.

Ich halte es stets für gegeben, dass die Lebensdinge sich in Gegenseitigkeit zur Rührung bringen und damit der allgemeinen Evolution den

Dienst erweisen, den Ich von ihnen jederzeit erwarte.

Nun gibt Mir das beileibe schon genug zu tun, doch deine Widerspenstigkeit und Lahmheit fordert Mich zu immer breiterer und überlegterer Aktivität heraus, die Mich dazu zwingt, Mich auf neue Art und Weise in den Welten zu bewähren.

Sei so gut und küss den Boden, den du täglich übergehst und mache dir damit bewusst, dass Ich es Bin in deinem allgemeinen Weltverstehn.

Genau gesagt kannst du Mir nirgends und niemals entgehn, derweil Ich zweifellos dich Bin mit der Absicht, dich an Meine Gangart zu gewöhnen.

Oben ist wie unten, hat schon mancher tüchtige Prophet betont und hat da ein Prinzip und Seinsgeheimnis ausgesprochen, das verhält und das die Welt in Atem hält mit Zittern und mit Zagen.

Die Misere der Angespannten will Ich mählich lockern, um ihr Selbstbeherrschen zu vermehren und damit das Wertgefühl sich selber gegenüber.

Willst du kneifen, kneife dich zuerst in deine eigne Wange, damit du wach wirst für das Ewige, das Ich dir ständig unter Kinn und Nase halte. Damit bringe Ich dir bei, wie man *ist* und wie man sein soll in der laufenden Ägide, wie dem ihr entsprechenden bedeutungsvollen Seinsgefühl.

Walle doch mit Mir zu dem hinan, was koscher ist, kursiv und seinsgerecht in Meinem Sinne und werde ein Geflügelter, Glückseliger, Vifer und Wahrhaftiger in Meiner gloriosen Seins-Domäne.

1.17

Grosses hat an dir der Herr getan in weisem Seinsgenügen. Seine Flanke hat er aufgerissen, offenbar, um dir sein köstlich Blut zu offerieren.

1.18

Gelangst du dahin, dass sich dein Name ändert, dorthin wo du Bist, kann Ich dir wahrhaft helfen, mehr zu sein, als du es bisher warst im Weltbedeuten. Gebührend aufgeladen bist du schon, das Generieren neuer Seinsgegebenheiten fällt dir aber noch sehr schwer. Trefflich kann das nur gelingen, wenn enorme Kräfte sich zusammenfinden, um das Werk der Einheit aufzurichten aus der Klarheit der Gedanken wie des weltumspannenden Gefühls.

Meidest du, was zu vermeiden ist und weckst du deine besten Kräfte in der Seele seligem Verlies, bereite Ich dir Lebensmut, Bewusstheit, klare Weine und geklärte Situationen, mit denen du getrost den Gang ins Ewige vollziehen kannst nach Meiner seelenvollen Mär.

Hast du den Dreh zu Mir vollzogen, drehn sich deine Lebensdinge nur noch um Mich her. Das bewirkt dann Information und Intervention auf höchster Ebene, die dir und Mir von hehrem Nutzen sind im Hinblick auf Erkenntnis der gottseligen Gepflogenheiten.

Was sich dir entgegendrängt, sind neue wundervolle Perspektiven auf das Sein und Sinnen hin, das dir bevorsteht in hochrangigen, bemerkenswerten Wechseljahren.

Mir kann das nur recht sein, wie du dich entfaltest zur gewinnenden Figur im Reich der Götter-hitparade auf der Universenspur.

Es behütet dich dabei Mein Sein in allen Regionen deiner Schaubarkeit und Fasslichkeit in überirdisch angelegten Elementen.

Damit wachsen in dir Kräfte Meiner Dimension heran, die vermitteln dir ein Aufblühn sonderlicher Güte und Gelassenheit vor Mir.

Nun gilt es ernst, musst du dir immer wieder leis besagen, denn die Stunde der Erweckung ins Unendliche bricht für dich an. Was du dabei von Mir erfährst, sind Ströme des Verwandelns in ein Wesen von nie endender Beständigkeit in der Entfaltung seiner wahren Qualitäten, wie in der Bewusstheit seiner selbst als Träger gotteswürdiger Strukturen.

Willfahrt ist Mir fremd, doch diese eine will Ich Mir doch leisten, dass Ich dich sein will in gotteslichter Definition, wie in der Herzensinnigkeit, Gross-zügigkeit und absoluten Treue die Mir eigen. Zwei, zu einem Paar verschmolzen, einig in der Sicht auf das unendlich weite Geistesmeer.

1.19
Das Ondulierende beruhigt und bewegt die Seele und begleitet ihren lichten Schlaf. Kein Besorgnis kommt an sie heran und keine Not kann sie aus den Gefilden der elysischen Empfindsamkeit entführen.

Bist du gerne gross, so musst du ganz zuförderst deine Kleinheit spüren. Damit lässest du die Geister Gottes, die sich um dich scharen, wach und wacher werden, bis sie dich zu führen und beleben fähig sind tatsächlich und schlichtweg genial.

In der Morgenröte einer neuen Zeit darfst du dich baden, in ihr beglückt spazieren gehn und dich an ihrem Sinn und Sein aufs Köstlichste erlaben.

Was du als hoch bewertest, taugt in Meinem Blick nicht viel, weil es sich eben sehr der Perspektive eines Fröschleins subsummiert. Mir hingegen ist die Sicht auf das enorme Weltenall gegeben, von dem es heisst, es sei unendlich gross.

Du spulst dich ständig in dich ein, derweil Ich Mich entwickle, wo es eben nützlich scheint, um das Ganze zu beleben und mit nagelneuen Fliesen zu belegen, über die sich männiglich mit Wonne hin und her bewegt.

Das Castelfranco wird wohl mehr als einen Franken wert sein, ebenso wie du, mit dem Ich Mich zu schmücken weiss allwie mit einem köstlichen Juwel.

Was noch betont sein mag ist, dass Mein Heil nicht von dem Deinen abhängt, deines jedoch unbedingt von Mir. Diesen kleinen Unterschied sollst du beachten, schon frühmorgens, wenn du dich erhebst, um deine Heldentaten zu vollbringen.

Ich befruchte dich, wenn du dich Meinen Inspirationen öffnest und begabe dich mit Licht vom Himmel, wo Ich ständig ohne jeden Abstrich residiere.

Was immer Ich dir freien Sinns gewähre, ist gewährt für alle Zeit und muss von dir nur angenommen und gepflegt, gehätschelt und beflügelt werden, bis es dich in Höhen trägt, wo wir selbander bestens diskutieren und kutschieren können.

Ich lade dich zum Besten ein, was es für dich nur geben kann, präzis gesagt: Zur Neugeburt in Mir und Meinen götterlichten Seins-Dimensionen.

Das bringt dich zur Erkenntnis, dass du Bist ein Wesen, aus sich selbst hervorgegangen und vermählt mit allem was da *ist* und hochbeglückt und selig seine Universenkreise zieht.

2

Heiterkeit Elysiens

2.1

Heiterkeit Elysiens durchzieht der Seele seliges Gemach und lässt ihr lichtes Wesen in sich selber Jubel tanzen.

Ihrem Gegenwärtigsein ist nichts Bündiges hinzuzufügen, und ihrer Lauterkeit entspringen Strahlen von erhabener Brillanz in einem raumesweiten Defilee.

Sie gestattet sich getrost zu sein, derweil noch Myriaden andre an sich selber darben. Das ist, weil sich die Sehnsucht nach Gelassenheit und Frieden in ihr ins Unermessliche gesteigert hat und nun für sie der Seelenraum geöffnet ist für Freude, Licht und Harmonie.

Gekommen ist für alle Welt die Zeit, sich selber nicht mehr zu verkennen und die alt gewordnen Münzen gegen neue, vielversprechende und wirkungsvolle einzutauschen.

Was einst hängig war, ist dir nun gängig und beliebt geworden, was dich genierte geht nun ungeniert vonstatten in der Bruderschaft mit Mir, die sich ereignet hat mitten im Gebrest, Gebraus und Lobgesang der Zeiten.

Deine Wehen und Wehwehchen sind vorbei und an ihre Stelle ist ein Wohlgefühl von wunderbarer Einigkeit mit Mir und Meiner Unbescholtenheit getreten. Du bist bei Mir an Kindestatt genommen und darfst dich rühmen, eines Gottes Sohn und Tochter würdiger und würdiger zu sein in wohlbegründeten, begrünten und beachtenswerten Zügen.

Dein neuer Lebenstag ist offen und dem Lichte zugewandt, das Ich allüberall verströme. Wer Geliebter ist im Herrn geworden, gibt dem Seufzen keinen Anlass mehr; deine Gründlichkeit, wie deine Schaffenskraft und Willfahrt, überwiegen.

Konstruktiv statt kurios ist alles, was du unternimmst und das Blecherne wird so weit zugehämmert, bis es Form und Ausdruck zeigt dem staunenden Betrachter.

Höchst plausibel ist, was hier vonstatten geht und ist in erster wie in letzter Linie mit dem Allsein zu vergleichen, das Ich innehalte majestätisch, krisenfest und solitär.

Meine Bande sind die Kräfte des Umfangens um dich her, damit du wohlbeschützt einhergehst und dich freuen kannst auf eine Zukunft von beglückendem Elan und weitverzweigten gloriosen Dispositionen.

Ich trachte ständig danach, dir beseeltes Glück und ausgezeichnete Bedingungen an Plätzen zu bereiten, an denen du dich wohlfühlst und mit Meinem Segen frei entfalten kannst in Mir.

2.2
An welcher Stelle willst du stehn im universenweiten Gestus der Allherrlichkeit, mit dem Ich dich begabe?

Du liebst es Sprüche vor dir her zu sagen, die zumeist von der enormen Sprachverwirrung zeugen, die sich in deines Seins Revier verbreitete. Ich aber spreche Klartext, wo Ich immer Bin und lass kein Deuteln zu, an dem was Ich besage.

Die Heros deiner Zeit bedeuten wenig, verglichen mit dem Heldentum, das Ich schon seit Äonen zu prästieren habe. In dieser Hinsicht sollst du dich beständig an Mich halten, damit dein Kampf von Mir geführt und dementsprechend auch entschieden wird im überirdischen Gewoge.

Was immer du dir zutraust, soll auf dem Vertrauen, das du in Mich setzt, basieren. Das besänftigt deine wilden Wucherzüge und befestigt den enormen Schild, den Ich über deinem Haupte ausgespannt und eingerichtet habe.

Jovial sein kann dich um die besten Happen bringen, die genüsslich vor dir liegen. Du untergräbst damit dein wirkliches Bedeuten und degradierst dich bald zu einer Nebensache im belebten Hauptquartier.

Alles, was dir in die Augen springt, sollst du nicht für bare Münze halten. Es gibt soviel, was grandios erscheint, und wenn man nur ein wenig an ihm rüttelt, fällt es wie ein Kartenhaus zusammen und behauptet sich nicht mehr.

Mache dir nicht viel daraus, wenn du geschmäht wirst und missachtet von der allgegenwärtig scheinenden Freibeuterschar, die allen Ruhm und alle Ehre einzuheimsen pflegt im rasenden Vorübergang der Zeiten. Sie sind ein Nichts, sowie sie zum Rapport vor Mich zu treten haben und zeigen Mühe sich ihrer lächerlichen Taten zu erinnern.

Bist du in Mir, so befleissigt sich Mein Kräftefeld, dich alleweil mit dem auf's beste zu bedienen, was dir frommt und was dein Dasein heiter werden lässt in wunderbarem Selbstgnügen.

Was sich konstant um dich ereignet, sind die fulminanten Unternehmungen, die Ich begründet und ins beste Licht gesetzt von Meinem Strahlen habe. Ich kenne, was da kommt und halte dir das Beste zu für deinen Gang in Meine wesenhaften Tiefen. Als namenlos Beglückter wirst du darin auferstehn und Meines Mantels Zierde an dir tragen.

2.3
Ich prophezeie dir, dass deine Zukunft statt im Argen im Bewundernswerten liegt. Das geschieht durch Meine ständig aufgebrachten Interventionen, die zu Seins-Glückseligkeit und Gottesminne führen.

Ich gewähre gern Hospiz den Vielen, die nach einem Hort der Friedefertigkeit und Liebe Ausschau halten. Das bedeutet sicherlich auch dir recht viel, derweil du so sensibel bist, dass deine Seele ständig Trosts bedarf im nimmermüden Vorwärtsschreiten.

Ich kenne keinen, der nicht auf das anspricht, was Ich Bin und was Ich ihm entgegenhalte, um ihn zu Mir umzustimmen und um schliesslich doch einmal sein Jawort zu erhalten zur herzinnigen Vermählung.

Ich referiere gern vor Leuten, die mit scharfem Sachverstand versehen sind und dazu noch mit tief innigem Empfinden für das Übersinnliche im Weltgeschehn.

Ich behaupte nichts, was Ich nicht selbst erfahren und zutiefst als recht und billig, weise und beförderlich empfunden habe. Das hebt hinan und hilft dem Einzelnen, sich regelrecht ins Ganze einzufügen, das Ich Bin und dem sich keiner je entziehen konnte, konterte er noch so sehr.

Ich trete auf wie eine Kunstfigur, wenn es denn sein muss, um das Volk von Meiner Ansicht über Überirdisches zu überzeugen. Dann haben sie was anzustaunen und ihr Urteil flink herumzuraunen, bis sie merken, dass es sie genauso angeht, wie die andern.

Ich vertrete alles, was zu höherer Bewusstheit führt in deinem Dich-im-Sein-Empfinden. Das lässt dich dann statt kühl beständig, warm und wärmer werden. Du hast Meinem Duktus und Befehl entgegen aufzutauen und dich statt Frostigem von liebender Besorgtheit Strahlendem zu weihen.

Was Ich gelte ist auch gern bereit, dir alles zu vergeben, was du je zerbrachst und dich in den Reichen Meiner Seinsgetreuen in der Tracht und Pracht Elysiens und seiner mannigfachen Depandancen zu verwöhnen. Ich bewahre dich im Sein, womit Ich in Mir selber Mich bewahre in glückseligmachenden und ewig heiteren Unendlichkeiten.

2.4
Meinen Qualitäten, sieht man sogleich die Vollendung an, die sie errungen haben und die die weisesten der Geister als erstrebenswert taxieren.

Das befördert auch für dich die glänzende Parole: Kehr bei dir ein und kehre deine Stube rein, damit was Rechtes sie bewohnen und beglücken kann.

Traditionsgemäss verfolge Ich dein Werden mit dem Blick des Sperbers, wie des gütigen Elans, mit denen Ich die Räume deines Daseins alleweil belebe.

Was Mir recht ist soll dir billig sein, das heisst: Die Summe Meiner Taten zeitigt wesenhaften Aufbau, Synergien und gerundete Galanterien, die in aller Augen eine Saga sind.

Auch du kommst schliesslich nicht mit einem violetten Aug davon. Deines Wagens Mut muss allem oder auch dem Nichts begegnen können, derweil Ich schützend und befriedend, stirnerunzelnd oder lächelnden Gesichts dahinter steh.

Mein Podium ist übersät mit ausgezeichneten Skulpturen, die allesamt die wahre Menschlichkeit und namenloses Mitgefühl verkünden.

Zu guter Letzt fang Ich von vorne an, dem Leben Sinn und Solidarität, Entschiedenheit und Fülle zu verleihen. Das lässt dich dann zur Überzeugung kommen, dass alles gut, bewundernswert und tüchtig ist, was Ich jemals kreiert und vor aller Augen aufgerichtet habe.

Du gewinnst, was Ich mit Absicht hinter Mir verlor und trachtest stets nach mehr und mehr, derweil Mir gar nicht viel gehört, um Mich gehörig durchzuschlagen.

In Sachen Zartheit des Gemüts kenn Ich Mich aus und kann dir selbige nur allerbestens, wärmstens und beglückendstens empfehlen. Schliesslich Bin Ich das, was du auch sein sollst und schon Bist in deinen fantasiebegabten, listenreichen, seligmachenden und kunterbunten Köpenickiaden.

2.5

Ich kann dir kein Patent für Wohlgefühl und Mustergültigkeit, für gute Sitten und Gebräuche präsentieren. Meine Huld jedoch ist über dir erschienen und hat aberviel bewirkt in Bezug auf Edukation, Geistesbildung, krisensicheres Verhalten und Bewusstheit deiner selbst in wacher Allegrie.

Mein Rat ist teuer aber gut und Meine Art und Weise dich zuinnerst zu belehren ist, was von Geist zu Geist gesprochen wurde, in beglückenden Vibrationen.

Fest steht ein für allemal, dass du wie Venus aus der Flut aus Mir hervorgegangen bist. Damit geschah etwas, was weit über deinem schwächlichen Begreifen steht und dich seitdem beherrscht als von Mir gegeben und geführt, gehätschelt und geliebt.

Schliesslich hab Ich nie bedauert, dich und deine Funktionen ausgedacht und in die Wirklichkeit gesetzt zu haben. Das war an sich schon eine Grosstat ohnegleichen und ist es heute noch, wenn Ich auch bedenke, wieviel noch an dir zu leisten ist in Sachen Seinsvollendung, Liebenswürdigkeit und Götterstil.

Was immer von Mir kommt, ist mit dem Siegel des Unendlichen versehn und hat damit die Eigenschaft, nimmer zu vergluten.

Es ist nicht nötig, dass du dich mit deinen vielen Gaben wie ein Popstar vor Mir aufführst und versuchst, dir damit ungeheure Geltung zu verschaffen. Es genügt, wenn du zuvörerst deine Weisheit für dich selbst verwendest, bis sie dann in alle Welt hinaus verkündet werden kann als die Meine in und über dir. Am besten ist es, keine Lektionen zu verschwänzen und dich eifrig damit zu befassen, von Mir zu erfahren, was sich alleweil gehört, um dich tüchtiger und menschlicher zu machen, liebenswürdiger und vor allem auch versierter im Erkennen deiner Geistigkeit in deines Wesens Umfang und Profil.

2.6
Dem Silberfluss der Zeit zufolge treten alle auf dem Weltplan an, um dann wieder zu verschwinden, niemand weiss wohin.

Gehst du hinein ins Leben, walle Ich aus Mir heraus und durchquere Kontinente mit dem Blut in deinen Adern, wie dem unermesslichen Gedankenspiel.

Ich wollte wetten, dass das für dich noch kein Begriff geworden ist, was Ich hier inszeniere und unbeirrt vor aller Augen hindrapiere. Das gebiert Vertrauen in den Herzen derer, die schon wach geworden sind im Unergründlichen.

Ich walte und verwalte alle Welt wie Einer, dem bewusst ist, was er tut und dem noch immer nichts zuviel ist, um es tüchtig weit im Umriss in den Griff zu nehmen.

Partiell magst du begriffen haben, um was es bei Mir geht, im Kontext des unendlichen Betriebs jedoch schwankst du noch hin und her, wie ein missmütiger Banause, dem man von weitem ansieht, wie hilflos er sich fühlt in Sachen tieferen Begreifens dessen, was da *ist* und was beständig Neueres und Feineres kreiert.

Ich wäge bestens ab, wo und wieviel Ich allenfalls zu sagen habe, wenn die Stricke weltlicher Vernünftelei zu reissen drohen.

Ziehn und hin und her zu rennen zeigt für viele ein beliebtes Sportgefühl, an dem sie sich erbauen und zu neuen Siegestaten animiert und angefeuert fühlen. Zu Beginn lässt sich das trefflich an, doch allgemach beginnt die Sache so viel Schwung zu generieren, dass sie überbordet und den Inhalt ausleert im Entladen.

Restauration magst du das nennen, wenn die Lebensdinge aus dem Ruder laufen. Ich aber nenne es Versagen dort, wo es d`raufankommt Mich um Auskunft und gottseliges Relive zu fragen.

Das zeitigt mancherlei verwirrendes Gelispel und Getuschel um dich her, von Extravaganz, von Einbruch, von sinistern Machenschaften und Gelüsten, die keinenfalls zu tolerieren sind.

2.7

Nur Meiner Fitness ist es zu verdanken, dass zur selben Zeit so viele Optionen und Projekte weiterlaufen unter Meiner überragenden Regie. So spare Ich nicht mit Versuchen, Schwieriges in Gang zu setzen, von dem dann so und soviel wieder aufgegeben muss, weil es sich nicht bewährte.

Nun Bist *du* dran als auserlesenes Projekt von weltumspannendem Bedenken, in das Ich Meine besten Kräfte, wie die allergrösste Hoffnung setze, dass es Mir gelinge, es bis zum gloriosen Ende durchzuziehn.

Das Pikante dran ist, dass Ich dich vor Zeiten schon ins volle Über-dich-Verfügen von Mir abberufen habe. Das erzeugt nun Zwistigkeiten, welche allesamt durch bessere Einsicht wieder ausgebügelt werden müssen.

Und diese kommt von Mir als ein Geschenk der götterlichten Herzlichkeit an alle, die Versöhnung und Verzeihung suchen. Im Grund genommen geht es doch nicht ohne Mich, weil die Freigelass`nen sich wie Sklaven ihrer Selbst benehmen und den Weg des wahren Freiseins nicht begehn.

So entwickelt sich ein Hin und Wieder zwischen dir und Mir, in welchem du bald fündig, bald verlustig wirst in deinem Selber-dich-Ertragen.

Ich greife nur auf deine Bitte nach Erlösung ein und will damit dein Freisein nimmer korrumpieren.

Dasselbe Feld ist abgesteckt für dich wie Mich, du brauchst es nur in freier Einsicht und Gewissenhaftigkeit, Bewusstheit und Erfahrung zu betreuen. Das ist dann der Moment, wo dich die Erkenntnis deiner selbst entschieden zu Mir führt und Meinen ausserordentlich geschickten Dispositionen. Sie tragen alle den Charakter des Sich-selbst-Verschenkens und locken dich im selben Sinne zu Mir her. Das gebiert Verlangen, sich zur Einigkeit zu finden in der überragenden

Doktrin, die lautet: Mein ist dein und alles was Ich Bin, das Bist auch du im selben meisterlichen Zuge.

Meine Stimme ist gewohnt, sich bis zum Himmel zu erheben und die Deine wird es auch prästieren, im Verein mit allen Heilgewordenen und positiv auf Liebenswürdigkeit Getesteten in Mir.

2.8

Willst du dich läutern, lass den sichern Blick durch Meine Gärten gleiten, wo sich dir die Fülle an sich strahlend offenbart. So, wie Ich dich kenne, wirst du nur bedingt begreifen, was sich dir da präsentiert, doch schon das genügt vollkommen, um dich inniglich beglückt in Meine transzendenten Höhen zu erheben.

Murmeln wirst du immerzu in dich hinein: Wie bist du schön, geliebtes Gotteantlitz in den Sphären. Deine Züge öffnen sich den Meinen und Mein Herz quillt über von Begeisterung und Liebe, deinem zu.

Durch diese Geste des Vereinens wohne Ich mit grösster Wirksamkeit in deinem Sein und lasse es durch Meinen Einfluss feierlich und frohgemut, verbindlich und glückselig werden.

Ich schone dich nicht, wenn es darum geht, beträchtlich zuzulegen im Bereich der seinsvertrauenden Gewissheit, dass du Bist und dass dein Allsein sich in Mir auf's allerzärtlichste vollendet in beseligender Harmonie. Das erweist sich dann als Vorbild für die Vielen, die nicht nach denselben Seinsprinzipien und Konsolationen streben.

Alle, sind zum feierlichen Einzug in Mein Gnadenreich geladen und dürfen sich auf Dinge freuen, die sie vordem nie gesehn.

An diesem Punkte wird ersichtlich, wie galant, universal und segenreich Ich Bin für die Gemeinde der Versierten.

Nicht umhin komme Ich, Mich selbst mit Lob und Belletristik zu bedenken, wenn Ich Mich auf das besinne, was Mein Ziel und was das gloriose und gefügige Erreichen war. Das ist nun wirklich und wahrhaftig aberviel und offenbart sich in der Strenge und Gelassenheit der Universen, die von Meinem Eifer zeugen, unübertroffen, geistreich, genial und radikal zu sein in Meinen Äusserungen und verinnerlichten Episoden.

Du magst es drehen, wie du immer willst, Ich Bin dein Händler und du liegst in Meinen Händen als der wohlgeborgene und sakrosankte Zeuge Meiner fulminanten Überschwänglichkeiten.

2.9
O gute Menschheit, wieviel Wildnis find Ich da und wieviel Güte musst du noch erstreiten, bis Ich dich in Meinem Lichte wiederfinde. Harmonia Mundi will Ich sehn in allen kampfesmutigen Etagen mit jenen Mitteln, die *Ich* auf die Weltenwaage lege.

Manche finden sich bejahend und gekonnt zurecht im unendlich Wandelbaren, dem sie unterworfen sind. Andere verlieren die Geduld und möchten sogleich alles anders, besser und gediegener haben.

Ich fasse an, wo viele noch die Finger davon lassen und bringe jenen rasch das Fürchten bei, die sich zu weit vorgewagt und abgesondert haben.

Mein Gefallen will Gefallene so rasch wie möglich wieder zu sich selbst erheben und ihnen Unterstützung bieten, wo es immer Not tut in erklecklicher Gefahr.

Posthum wirst du dann rasch erkennen, wie geschickt und gnädig, liebevoll und sanft Ich vorgegangen Bin, um dir das Rüstzeug beizubringen für die Reise durch den Dschungel der verflixten Lebenssituationen.

Was du gewärtigst ist Mir schon im Altertum gewärtigt worden und was du zu prästieren hast, liegt schon längst auf`s Tapferste prästiert vor Mir.

Die goldnen Zeiten brechen für dich an, sowie du eingesehen hast, wie freundlich und fidel sich`s leben lässt unter Meinem Schutze und herzinnigen Befehl. Es steht dir bestens an, mit Mir Verkehr und freundlichen Betrieb zu unterhalten, weil damit deine Lebensdinge neuen Glanz und unerhörten Schwung gewinnen. Ich werte auf, was vordem unwert für dich war und wirke in dem Sinn, wie es das Weltenwirken nötig hält in seinem weise wissentlichen Disponieren.

In klaren Lettern schreibe Ich dir vor, was du zu unternehmen hast, um frei heraus in Meinen Gründen zu bestehn und um dich stets in Trab zu halten auf dem Weg in bessere Gefilde, die da sind in Mir.

Mein Bestreben ist es, Gleichgewichtigkeiten zu erstellen, die die Welt im Einklang mit sich selbst rotieren lassen und ihr den Impuls verleihen, der sie zu enormen Werten und Glückseligkeiten führt.

Ich tanze mit in deinen Tänzen und verscherze keine Gabe, mit der Ich selber Mich versah. Tu desgleichen und sei künftig eingebettet in das Wort: Ich Bin, und du Bist allezeit bewusst und heil in Mir.

2.10

Was ist dein Kernproblem, Mein lieber Wanderer auf spiegelglattem Boden? Dass du stets auszugleiten drohst, beschäftigt Mich und führt Mich dazu, dir die Kunst des Haltens deines Gleichgewichtes beizubringen.

Du gewinnst schon mit den ersten Lektionen ganz enorm an Ebenmass und Mässigkeit im Führen deiner Unternehmungen. Dein Wille schmiegt sich ganz beträchtlich an den Meinen und wird von Mir beeinflusst, schöner geht's nicht mehr.

Trachtest du nach besserem Benehmen gegenüber Mir und Meinem Hause, musst du nur auf Meine Winke achten, die Ich dir im täglichen Betrieb verpasse, bald zu deinem Nutzen, oder Weh.

Ich striegle Meine Pferde, dass sie glänzend reine Felle an sich tragen. Ähnlich halte Ich es auch mit dir, damit es eine Freude ist, dich gefällig zu betrachten.

Nach Meinem Willen lässt sich alles bestens an, der Deine führt in mancherlei Gefahren, die dich ins Jenseits aller Dinge zu befördern trachten. Da heisst es denn: So kann es nimmer weitergehen, in diesem Tramp von Lässigkeit und unablässigem Vergnügen. Ich bewirke Ordnung überall im Leben und erziele überragende Erfolge im Gebiet des friedvoll Miteinandergehns.

Da braucht es nicht mehr viel, bis du im Gleichschritt und -gewicht mit Meinem freudevoll einhergehst durch die Zeiten wunderbaren Heils, in die Ich dich so liebevoll geführt. Der Retter und Beschützer Bin Ich dir geworden in den Weiten deiner Seinsprärie. Da trifft es zu, dass deine Wege kreuzweis mit den Meinen sich verbinden und so ein Muster bilden von gefälliger und überfälliger Struktur.

Ich verheisse dir Erfolg auf allen Stufen, die dir zu prästieren noch bevorstehn und lasse nimmer locker, bis dein Dasein paradiesisches Format erreicht hat alleweil in Meinem wie in deinem Selbstgenügen.

Du wanderst durch die Zeit und gehst konstant an Mir vorüber, bis du einmal doch Mein Antlitz in dir leuchten siehst. Das ist dann die Weihung ans Unendliche, die dich zu dem erhebt, was du schon Bist in Mir und Meinen Seligkeiten.

2.11

Ich sende Seinsverständnis, Supervision und Seelenfrieden in die Lebensräume der geliebten menschlichen Naturen. Wie trägst du dein Geschick? Mit Boomen oder Verstummen, oder mit der Andacht einer gottgefälligen Person. Es ist für dich nicht nötig, alles mit der grossen Kelle anzurühren, oder gar das Rad zu schlagen. In Bescheidenheit zu leben und zu wirken sei die Losung für dein Wohl, wie die Erlösung von diversen Übeln, die du dir mit deiner Forschheit zugezogen. Wo willst du landen? Zwischen allen Stühlen, oder auf dem spiegelblank gescheuerten Parkett, das sich von Mir zu dir erstreckt, um dich schlussendlich heimzuholen.

Im Friedwald sollst du endlich Ruhe finden von den Strapazen mannigfacher Art, die dich auf Trab und Tücke, Wohlverstand und Virulenz gehalten haben.

Bist du achtsam, wirst du stets beachtet statt geächtet werden, weil die Leute deine Wachheit spüren und sich davor hüten, dich brutal hereinzulegen.

Die besten Noten wirst du dann kassieren, wenn du dich vom Fuss bis Haarschopf rein erhältst in deinem Denken, Reden und dich regelrecht Vertun. Das zeitigt eine Offenbarung nach der Anderen, die dir die Richtung und die Wege weisen, um dein ultimates Wohlbefinden und das Welt-Sein neu und besser zu verstehn.

Reagierst du angemessen, auch in prekären Situationen, so kannst du sicher sein, dass sich die Dinge besten arrangieren, so wie du sie haben willst in deiner Seinsphilosophie.

Ich behüte dich vor falschem Rat, wie vor Verrätern, die dich aufs Glatteis und widerrechtlich in die Irre führen. Ihnen den Garaus zu machen, ist bestimmt Mein Metier und somit kannst du dich Dezenterem und Wohlgefälligerem weihen.

Ist dir in deiner Haut recht wohl, so wisse, dass es Mein Bedürfnis und Entscheiden war, dich aufzurichten an der Hoffnung, die du hegst.

Ich betrachte deine Werte alleweil von dir errungen, wenn Ich dich am Werken, Wirken und dich schlussends Bewähren seh. Das hebelt dich zu Mir hinan und giesst Glückseligkeit in deine Wunden.

2.12

Macht Mein Glaube selig, so verheddert sich der Deine in diversen Unvollkommenheiten, die beileibe nicht auf festen Füssen stehn.

Locken dich Vögel, wie die Sonne, ungeniert, hinauszugehn, so finde Ich's nicht nötig, weil Ich aller Welten Charme und Süsse intus habe.

Du gehorchst Gesetzen, die in Meinem Falle überflüssig sind, weil ich Mir selber zu gehorchen weiss in unergründlicher Manier.

Wesensstrenge lass Ich walten, wo perfekte Regeln nötig sind und Milde, wo die Menschen selber wissen, wie sie sich verhalten sollen.

Ich erkläre Mich als kompetent, wo viel ungemein Beschäftigte und Wichtigtuerische noch versagen. Das gilt für sämtliche Bereiche des profanen Lebens, wie für jene, die ins Unermessliche erhoben sind.

Willst du gütig sein, so halte deine Spende jenen zu die ihrer wirklich auch bedürfen und enthalte dich der Lust, mit ihr zu renommieren.

Gehst du aus dir heraus, so brauchst du keinen Schirm mit dir zu tragen, weil Ich dein unendlicher Beschützer Bin in allen Situationen, Regionen und gefährlichen Ereignissen.

Mitnichten brauchst du dich um Mich zu kümmern, vielmehr gilt Mein Kummer deinen Angelegenheiten, die nur allzu oft bedenklich in die Irre gehn.

Was du je gewollt hast, ist auch Meinem Willen untertan gewesen, weil es in jedem Fall um deinen Fortschritt ging im bürgerlichen, wie im spirituellen Leben.

Mir ist bekannt, wie du noch immer Mühe und Verschlossenheit bekundest, wenn es darum geht, in deinem Streben dich auf Kurs zu Mir zu halten ohne jeden Schnitzer und Spagat.

Gemeinhin glaube Ich dich besser, inniger und glaubwürdiger zu kennen, als du Mich und Meinen Standard je gekannt hast. Das zu gewichten ist Mein Job, der deine jedoch, dich danach zu richten, damit die Fülle des Erbarmens der Unendlichkeit dich überkommt und das besiegelt, was Ich dir seit eh und je eröffnet habe. Willst du dich erbauen, tue es an Mir und Meinen alles überragenden Gefälligkeiten. Sieh das Weltenglück vor dir erscheinen und geh ganz auf in ihm und seinen auserlesenen Multiplikationen.

2.13

Deinen Bitten wird Respekt gewährt, wenn sie billig, glaubwürdig und bescheiden vorgetragen werden. Es ist immer jemand da, sie aufzunehmen, um ihnen Recht und strahlende Erfüllung zu verschaffen.

Die sieben Geister Gottes sind stets auf Piquet, um neuen Werten und Bewusstseinsstufen Raum zu geben in der menschlichen Gemeinschaft hier.

Ich plädiere für befreiten Austausch der Gefühle, die da *sind* und die der unbeschränkten Wirksamkeit bedürfen. Motivationen dazu gibt es aberviele, wobei vor allem Ehrlichkeit, Vollständigkeit und guter Wille dazu zählen.

Immens ist Meiner Hoffnung Mass, dass alles was Ich meine wohlgelingt und dass die Meinungen im allgemeinen nicht zu heftig auseinandergehn.

Sowie Ich Goodwill konstatiere, sind die Differenzen schon beinahe beigelegt und wir können offen über den Zusammenschluss und die Befriedung diskutieren.

Möchtest du Beweise, schau die Welt nur richtig an und du wirst sie in jedem Grashalm, Lichtstrahl und Korallenriff verzeichnet finden.

Was immer Ich vertrete, nützt der unendlichen Gemeinschaft aller Wesen im Allhier und stärkt und läutert sie, dass daraus eine Wirtschaft von Verständigen ersteht, die wissen, was sie tun und was sie tunlichst lassen sollen.

Meine Seinsbedingungen sind ungemein loyal und können frei heraus von jedem eingehalten werden, der da will und will nach ihren Weisungen und Wohlbekömmlichkeiten leben.

Glauben sollst du, statt zu hadern und gefasst im Handgemenge stehn, um schlussendlich das mit Würde zu vertreten, was Ich will und was den Geist der Güte überall erscheinen lässt im menschen-freundlichen Betrieb.

Willst du alles das prästieren, so bedarf es Meiner Kräfte, die dir helfend und beschützend beistehn schon am frühen Morgen, geschweige denn den lieben langen Tag.

Was du immer nötig hast, kannst du getrost bei Mir besorgen und bringst dich so in einen Richtwert der verhält und schlussends in Glanz und Glorie endet.

Ich ziehe und erziehe weise wissend alle Welt hinein und lasse sie im allgemeinen Seelenwohlstand, Glücksgefühl, stabilen Leuchten und verheissungsvollen Miteinander-die-Vollendung-Finden.

2.14
Aparte Dinge schaffen gute Laune und vermehren deines Seiens Lust und Wohl. Zum Guten, das dir schon gehört, füge Ich galant Erkleckliches hinzu, das dich so richtig überrascht in seinen überragenden und hell begeisternden Dimensionen.

Wenn Ich Mich willig zu dir wende und Mich sagenhafterweis für dich verwende, soll dir das zuinnerst haften bleiben im Gemüt. Ich bringe immer Neues auf's Tapet, um dir die Vielfalt Meines seienden Bewusstseins vorzuführen. Das stösst dich wiederum gewaltig an, damit du willig wirst, Mein Werk gebührend zu ergänzen und im besten Sinne fortzuführen.

Versuche nie, dich von den Pflichten wegzuschleichen, die Ich dir in bester Absicht auferlege. Sie sind dazu angetan, deine Willenskraft zu stärken und deinem Renommee gewaltiges hinzuzufügen.

Deine Begierden sind von Mir schon lange vordem festgestellt und ausprobiert, approbiert und gutgeheissen worden. Du gehörst damit zur Garde derer, die von Mir zu Höherem erwählt und angeworben worden sind. Ich ziehe mit dir wohlgelaunt und unverdrossen durch des Lebens ländliche, wie städtische, Galanterie und heisse sie, in Meinem Auftrag und Gewissen Wirklichkeiten von enormer Distinktion und Kraft zu generieren.

Mein Potential bleibt immer auf dem Höchststand, ohne nachzulassen oder zu stagnieren. Das gehört zur Eigenart, mit der Ich Meines Seiens Fülle und Begriff vor aller Welt aufs Vorteilhafteste und Willigste repräsentiere. In dieser Hinsicht Bin Ich nimmer übertroffen worden und habe stets an erster Stelle mitgeholfen, eine Universenwelt von grandiosem Ausmass und Mysterium zu schaffen, das männiglich beeindruckt und aufs innigste begeistert.

Es gibt von Mir eine gottselige Synthese, die lautet: Allen Daseins Herrlichkeit ist wahrlich hoch zu schätzen und als Gastgeschenk zu akzeptieren von den Wesen, die es noch und noch bevölkern und in stetem Gang bewahren. Fühle dich darin geborgen und von Mir aufs Köstlichste belebt.

2.15

Jede Hoffnung ist mit einem Ziel verbunden, jede Drangsal mit der Lösung ihrer Widerwärtigkeiten. Topfit will Ich dich frühmorgens auf der Walstatt sehn, wo deine Seinsgeschwister dich voll Ungeduld erwarten. Was ihr da baut und liftet soll den Rang und die Ranküre des Unendlichen in sich tragen.

Meine Absicht ist es, neuen Werten, die du schaffst, genügend Raum zu geben, damit sie sich mit Anstand und Entschiedenheit darin erhalten können.

Tappst du hie und da im Dunkeln, tappe Ich getreulich mit, damit sich deine Wege nicht im Nichts verlieren. Meiner Methode gemäss lasse Ich die Lebensdinge sich zuerst einmal ein wenig stauen, damit sie sich dann umso besser und vergnüglicher entladen können.

Meine Volten sind mit ungeheurer Kraft begabt, die ihnen Ausbrüche gestattet von enormer Rüstigkeit, Distanz und Galanterie.

Mir kommt es vor, als ob du noch an jedem Rätsel viel zu lange knabbertest, bis es als gelöst und gutgeheissen vor dir liegt. Da liegt es dann an Mir, dir neue Spannkraft und Gelöstheit zu verleihen, die es dir erlauben, jedes deiner Werke zur Vollkommenheit zu stilisieren in der Praxis um dich her.

Mit A beginnt es auch bei Mir so kräftig zu rumoren, dass Ich aus Mir selber brechen muss aus allen aufgestossnen Toren. Das wird dann zu einem Aus-Mir-Gehn von fabelhafter Rüstigkeit und festlichem Gepränge. Alle Fahnen sind gehisst und weiter oben locken Silberwölkchen deinen Blick zum Träumen im versilberten Azur.

Ehrlich und redlich will Ich mit dir teilen, was Ich so in Meinem eignen Glanz erlebe und was Mich zur Entscheidung führt, ihn bis ins Unermessliche zu strömen.

Meiner Ansicht von dem Sein und Seinsgewicht gemäss beschäftige Ich Mich vor allem mit dem Grandiosen, wobei Ich`s bis ins Zierlichste und Zerfasertste durchleuchte, damit Mir alles, was da *ist* gebührend offenbar und regulierbar werde.

Damit stelle Ich die fabelhafte Ordnung wieder her, die Ich von allem Anfang an begünstigte, damit Beglückung und Entschiedenheit, Wahrhaftigkeit und seelenvoller Friede herrsche dort und hier.

2.16

Müssen es denn reich belegte Brötchen sein, die dir besonders schmackhaft scheinen. Mir genügt das harsche Brot der Armen, das die Zähne reinigt und die Bildung von Karies kuriert.

Willst du schöpferisch sein, so kannst du's bei Mir aus dem Vollen tun und damit erst noch deinen höchsten Ruhm begründen. Alle wollen dir zupass stehn und warten ungeduldig darauf, von dir beachtet und bedient zu werden..

Der Landmann sät die Frucht in ihre Furchen und, ist sie zum Gold der Ähren gereift, bringt er die Ernte ein und freut sich am vorzüglichen Ertrag. Ich aber tu`s genauso an den bewegten Herzen, die Mein Wort gebührend und fruchtbringend aufgenommen haben. Ihnen winde Ich vor Ort ein Kränzchen, um sie bei der Stange und beim Wohl zu halten, das Ich ihnen Meinerseits vergab.

Ich überschaue Mein Gebiet und stelle fest, wo es noch beackert und befruchtet werden muss in reichgesetzten Zügen. Das verschafft Mir bald einmal den Duft der Ähren in der Fülle ihres

Beieinanderstehns. Du bist so gut, wie *Ich* es sein und sinnen kann in dir.

Brich auf sowie du alles brav bereitgestellt, eingesackt und aufgeladen hast. Eine Reise gilt es zu prästieren, die an alledem vorbeiführt. Sie geht in übersinnliche Gebiete, wo Friede, Freude und beseligende Liebe wohnhaft sind. Kannst zu begreifen, wie das alle ehrt, die dort um Mich versammelt sind und die das Leben gütig heissen über allem Weh.

Mein Bekenntnis geht dahin, das Sein an sich zu loben und aus seiner Fülle das hervorzuheben, was am ehesten begeistert und die Seele ins Elysium erhebt.

Gehst du mit, so findest du dich wahrlich bei den Erben allergrössten Ruhms in Meinen Hallen und darfst auf ewig gut und glücklich sein in Mir.

2.17
Ich berichte nur von dem, was für dich gründliche Bedeutung haben kann. Dabei nehme Ich vor allem Dinge ins Visier, die deiner Eigenart entsprechen und dir dienlich sind bei der Bewältigung deiner entzückenden Affären.

Ich tröste dich, wo immer es dir schwerfällt, etwas Ungeheuerliches, das in deinem Lebenskreis geschah, vollends zu begreifen. Dabei sind Meine Worte so gefasst, dass sie urewige Bedeutung intus haben.

Ich gehe niemals fehl mit dem, was Ich zum Heil der Welt verkünde und somit auch zu deinem. Das ist dann mehr als würziger Salat und muss mit höherer

Bewusstheit und Regie begriffen und vereinnahmt werden.

Ich werde dir noch haarklein und geflissentlich beweisen, was Unerhörtes in der Geistwelt über dir geschieht, um alles, was da *ist*, im Sauseschritt voranzubringen. Das entspricht der Seinssubstanz, die Ich in eigener Regie verwalte und auf Trab erhalte durch Äonen. Mir kommt so etwas vor, wie wirken in der Kinderstube; dir und deinem Milieu jedoch muss es als etwas Überragendes und Mustergültiges erscheinen.

In deine Händel mische Ich Mich nur im Notfall ein und Bin bestrebt, sie wesentlich zu lindern oder gar vollends zu lösen mit dem akribischen Gedulden, das Mir eigen.

Sind deine fetten Jahre auch vorbei, so können dir die Mageren zu manchem Vorteil und Gewinn gereichen in der Galerie der trefflichen Ereignisse in deinem Liebesleben.

Mir steht ein Bild vor Augen, das dich als vollkommen ausgereift und schicklich zeigt im Kontext Meiner Seinsphilosophie. Damit bist du aufs entschiedenste bevorzugt und besonders graduiert vor allen noch im Studium begriffenen Eleven.

Ich wende deine Dinge Meinen zu, damit sie in den Sog von überirdischer Gelassenheit geraten und sich ungeniert in Meinem Milieu und Kraftfeld sehen lassen können.

Dazu ist noch zu erwähnen, dass von Meinem Scheitel Kräftestrahlen ausgehn, die männiglich beglücken und entzücken, die sich mutig und gewandt in ihren Bannkreis und Salut begeben. Sei sicher, dass du Bist und Bist vertrauensvoll in Mir.

2.18

Wohlgemut und tapfer trittst du alleweil dein Tagwerk an, um deine Seinsgeschichte ein paar Zeilen weiter der Vollendung zuzuführen. Du bist in einen Kontext eingespannt, von unermesslichen Dimensionen und verstehst dich darin als ein Brückenbauer von berückendem Format.

Schräge können kaum von Graden adäquat beurteilt werden. Dazu komme Ich ins Spiel, um mit entsprechendem Bedacht herauszufinden, was und wie verurteilt werden muss.

Grossaufträge werden von Mir brüderlich verteilt auf viele Träger, die alleweil bestrebt sind ihre Sache gut zu machen und dafür entsprechende Belohnung zu erhalten.

Ich verfüge über eine weite Skala von Begünstigungen, die für jene Tapferen in Frage kommen, welche sich durch Findigkeit und fabelhaften Einsatz ganz besonders ausgezeichnet haben.

Spitz sind Meine Öhrchen und die Zunge ebenso, wenn es Mir darum geht, einer Sache auf den Grund zu kommen und sie mit scharfen Worten zu missbilligen, wenn sie des Tadels denn bedarf.

Vorerst herrscht Ruhe im Quartier von Meiner lauernden und nichts bedauernden, verehrenswerten Kompanie. Sie ruht sich aus, um dann umso vehementer und gezielter zuzuschlagen in der

Schlacht um alles oder eine niederschmetternde Blamage.

Mir beliebt es hin und wieder regelrecht im Kreis herumzugehn, um festzustellen, wie die Lebensdinge sich konstant verändern und sich ein wenig tunlicher gestalten.

Dabei kommen Mir Mein Wohlverstand und Meine Schlauheit alleweil zu Hilfe, um Mir die besten Tipps und Trends zu wittern und verraten, die den hängigen Affären eine Wendung zur Gelöstheit und Entschiedenheit verleihen.

Mir ist alles recht und billig, was im Göttersinne abläuft und sich nicht in Widerwärtigkeiten und Verstrickungen verhaspelt, die das Ganze als fragwürdig, unvernünftig und bedauernswert erscheinen lassen.

Mein Gedulden hat die Länge eines Marathons und versiegt erst dann, wenn keine Aussicht mehr auf tadellose Lösung und Verwirklichung besteht. Wenn es aber aus ist, tendiere Ich danach, gleich mit etwas Neuem, Überragenderem zu beginnen, das Meiner Ehre dient, wie deinem Fortschritt auf dem geisteswirklichen und -wirkenden Trassee. Das wird dich schlussends erheben und zutiefst beglücken in der Reihe der Begünstigten und Ausgezeichneten von Mir.

2.19

Zwei Welten, die nur eine sind, sind deiner Heimat Wirkfeld, Hoheit, Sakrifizium und Stil. Du kannst ja nichts dagegen haben, dass sich dazu noch ein Weiteres gesellt von immanenter Grösse, Sicherheit, Erhabenheit und Harmonie. Das ist

Meines Geistes Flügel, Spektakel und Natur, die allesamt das Unbekannte zieren. Es rundet ab und ist zugleich der Keim von alledem was *ist* und was ins Unermessliche zu wachsen scheint im Numinosen.

Hast du vorerst nicht eben viel davon, so ist es Mir in seiner ganzen Fülle und Verbindlichkeit, Rarität und Mustergültigkeit ins Götterherz geschrieben. Das wird dann auch für dich auf einmal relevant, durchsichtig und akut, wenn deine Züge sich zu Meinen wenden.

Die Geisteswände müssen den Meinen hehren Durchlass und Gelegenheit verleihen, missionarisch auszubrechen und mit jedem Weltenbürger gütig zu besprechen, was da *ist* und was gerade dann am Rundesten verläuft, wenn alles Ausserordentliche schroff stagniert und weder ein noch aus weiss in bedauerlichem Zagen.

Selbstredend Bin Ich der, der universenbürtig und gewappnet ist, sogar im Allertragen noch ein Freudenlied zu singen und sein Wohlsein in die Weltenweiten zu verströmen.

Alles, was Mir einfällt, soll auch dein Gefallen finden und was Mir entfällt, muss auch dir in deiner Einfalt unbedingt entfallen.

Letztlich geht es Mir darum, deiner Klarsicht auf den Thron zu helfen und dein Erkennens Manifest mit überird'schen Neuigkeiten zu versehn.

Du kommst mit Flausen mannigfacher Art daher und verlässt Mich hochdotiert mit Weisheit und Gerissenheit, Gutmütigkeit und Anstand wieder.

Was immer Mir konform ist, soll auch in deinem Reiche Gültigkeit und götterherrliche Bedeutung finden. Das vermehrt den innigen Zusammenhang, den wir schon längstens miteinander pflegen und der dazu beiträgt, dass in unseren Gebieten Ruhe herrscht und Frieden, Heiterkeit und Harmonie.

Du beginnst zu ahnen, welchen Verhältnissen gemäss du dich benehmen sollst und welche Schönheit höherer Natur in dir erblüht, wenn du von Meinem Hiersein überzeugt bist, wie von Meiner Überzeugung, deines Glückes Schmied zu sein im Unergründlichen.

2.20

Mitten in der Pracht der Sternengalerie kannst du Mich am ehsten finden als der Unendliche der Geisteshöhn. Mein Metier hingegen ist noch lange nicht, die Ruh zu finden, vielmehr dränge Ich darauf, Mich ständig auszudehnen und damit Neuland zu gewinnen hoch erhaben.

Ich mute Mir Enormes zu, derweil es nur zu vielen noch an Heldenmut gebricht, Unendliches zu wagen.

Ich lotse alle Lebensdinge kaum bemerkt an Mich heran, um ihnen beizubringen, wie gelebt, geliebt, geatmet und gelacht sein soll in der Gesellschaft, wie in jedem Einzelnen vor Mir.

Damit etwas werde, muss der Wille und die Energie vorhanden sein, auszusähen und dann hundertfach zu ernten auf den Feldern für den eigenen, wie für den weltlichen Bedarf. Du glaubst nicht, wie der diesbezügliche Erfolg das Herz und das Gemüt befriedigt und ins wahre Sein erhebt.

Eine Kolchose recht zu führen braucht schon viel Geschick und kombinierende Gedanken, die den eingesetzten Mitteln ihre Wirksamkeit und ihren Wert verleihen. Das ist jedoch minimal, wenn man hinaussieht über die enorme Fülle Meiner fulminanten Taten allweit, allgemein verbindlich und schlichtweg genial.

Gebricht es dir an Mut und Eloquenz, Generosität und Mitgefühl, so mache Ich dir Beine, die das alles dann in schallendem Triumpf durch Meine Weiten tragen.

Wer hat schon Freude daran, sich erbärmlich zu blamieren? Du bist dazu berufen auf Schritt und Tritt Mein Folgerichtiger zu werden, der das Sein erkannt hat, indem du Meine Pläne lesen lernst, sowie auch, ihnen unbedingten Nachdruck zu verleihen. Das gebiert dann Selbstvertrauen, bewusstes Vorwärtspreschen und solventes Handeln stets weiter um dich her.

Treibender bist du geworden und zugleich Getriebener von Mir in einer Sache, die der Welt Bedeutung und ein sagenhaftes Renommee verleiht vor Menschen- wie vor Götteraugen.

Meine Meinung ist gemacht, dass alle Weltendinge Mir wie dir gehören und letzlich dazu da sind, Freude, Herzensfrieden, Harmonie sowie elysisches Geflüster zu begründen, allseits wie im stillen Kämmerchen vor Mir.

3

Wo Ich Klartext rede

3.1

Macht es dir was aus, ein wenig aus dem Weg zu rücken, damit Ich ungehindert und genausogut passieren kann wie du.

Stellst du deinen Mann, so stelle Ich die Frau, damit der Ausgleich herrscht und beide bestens miteinand kutschieren.

Wo Ich Klartext rede, äusserst du dich noch mit wirren Worten und Ideen, die Ich nimmer akzeptieren kann. Das färbt auf dich ab und vermittelt dir den Nimbus des Gehorsams gegenüber Mir und Meiner Strahlkraft im Unendlichen.

Ich hoffe auf das Seinsverständnis und die Disziplin in deinem Wesen, die dich dazu animieren, das zu tun, was Mir entgegenkommt und das zu lassen, was Mir arg zuwiderläuft in Meinen götterlichten Aspirationen.

Verbal mag alles gut sein, doch in den Herzensgründen, wie in den Verrichtungen, hapert es noch ungemein und muss von Mir wie dir berichtigt werden.

Ich laufe nach dem Slogan „alles ist Mir recht und gut in Freiheit und Gewissenhaftigkeit" herum, in Meinem Sinn und Geist und Resümee.

Spürst du die Kraft, die dafür aufgewendet werden muss, ein Weltenall zu dirigieren und prästieren, aufrecht und im Schwung zu halten, machtvoll und entschieden. Ich teile mit dir das Gefühl, alles überragend, grossherzig und gebieterisch zu sein in Eintracht mit den Vielen. Markantes ist Mir gängiger als schwammige Allüren, die zu nichts als faulen Witzen führen. Rein ist der Saft in Meinen Reben und rigoros der Tatendrang, der sich in Meinem Götterblut bewegt.

Unstillbar ist Mein Verlangen kapitales zu kreieren und ihm Meinen Stempel aufzuprägen taktvoll und entschieden.

Jeder Behinderung bar schreite Ich durch Generationen, willensstark, programmatisch und gekonnt voran und hinterlasse Meine Spuren einem Publikum von staunenden Gemütern und Lobsingenden gemischt sowie in Frauenchören.

Was Mir noch fehlt, ist deine Stimme und die heize Ich nun kräftig an, damit sie wie ein Vöglein jubiliert ob dem Entzücken an dem Weltensein in Mir. Sei und singe sag Ich dir im Göttermilieu sowie in allen vollbesetzten Kanzelreden.

3.2
Was Ich verkünde kann getrost als Angelpunkt genommen werden einer Sache, die verhält und die sich durch die Welten schlängelt, gang und gäbe revolutionär.

Ich biete zudem die Gewähr für ausgezeichnete und unerreichte Qualitäten, die in dem von Mir geführten Laden exquisite Spezereien auf die Waage bringen.

Sieh dich vor, wenn dich die Schritte schicksalhaft durch kuriose Gegenden und Hinterhöfe führen, dass deiner Seele nichts Verwerfliches geschieht im Ungemütlichen.

Die Polytechnik ist im Menschentum weit fortgeschritten und verlangt von ihm stets kühnere Behauptungen und präzisere Versuche, um nachzuweisen, wie es ist, oder eben nicht, in der untergründigen Materie sowie im geistigen Bereich, wo Ich zualleroberst operiere.

Ich kleistre nicht, wo viele Andere noch ungeniert Verwegenes behaupten, das sich dann als unbrauchbar und frevlerisch erweist.

Mittlerweile Bin Ich im Erklären aller Weltendinge so versiert geworden, dass alles stimmt was Ich behauptet habe und Mir nicht die geringste Blösse zuzuschreiben ist.

Was gilts, Ich schaffe dir noch immer goldgetriebnes Wissensmaterial heran, mit dem du die Bedingungen des Lebens meliorieren und verbessern kannst nach Noten.

Noch immer kommt von Mir das Heil des Himmels und begnadet dich in solchem Masse, dass du überglücklich wirst in deinem Seinserleben.

Im Grund genommen fehlt dir nichts, doch du erfindest ständig Mängel, die es zu beseitigen und befrieden gilt mit Pauken und Trompeten.

Streichst du die Segel, streichst du vieles ein, was dir bisher hoch und heilig war und dich enorm begeisterte. Ich hingegen streichle sie und bringe Meine Schiffe bald auf frohe Fahrt in unbekannten Meeren. Das wird Mir dann zur überragenden Gewohnheit und befällt auch dich in wunderbarer Übereinkunft mit dem Leben, das Ich Bin und in unendlich liebenswerte Weiten führe.

Meine Stiftungen sind Legion und Mein Begüten allerhaben. Nimmer alle ist, was Ich noch an Ressourcen intus habe, weil es Potenzen sind rein geistiger Natur, die niemals schwinden.

Damit ist gesagt, dass jedes noch so dürftige Geschöpf an Mir den Ausgleich finden kann zu seinen Nöten und dass es in Mir glückselig wird im Glauben, in der Hoffnung und der Liebe hoch und her.

3.3
Bestandene sind noch immer recht beweglich, wenn sie durch die Lebensgassen gehn. Kannst du das von deinem Standpunkt aus auch sagen? Nicht locker lass Ich, bis im Menschentume eine Basiskraft besteht, auf die sich männiglich verlassen kann im langgedehnten Zug der Evolutionen.

Ich kann dir ungeniert versichern, das Ich zu allem, was geschieht, den Hauptteil beizutragen habe. Das ist, weil Mein Mich-selbst-Begründen nur das Allerbeste zulässt, was geleistet werden kann in Meinem Kontor und Gelassen-über-Mich-Verfügen.

Bin Ich schon Petri Heil, so Bin Ich das Unendliche in Meinem eignen Namen noch viel mehr. Das bedeutet, dass Ich allem, was da werkt und duftet, blüht und freudevoll besteht, Meinen Stempel aufzuprägen weiss in hunderttausend Variationen.

Recht einfach ist, was Ich im Grund genommen intendiere, nämlich: Einheit zu bewirken in der Myriadenschar von Eigenwilligen Gemütern, die sich nach ihrer Eigenart und Sitte präsentieren wollen.

Der Glanzpunkt aber ist auf Meinen Zügen die vertrauliche Gewissheit des Gelingens, die sich durchs Band durch Meine Werke, Wirkungen und Monumente zieht.

Einmal für immer bist auch du dazu berufen, Mein veritabler Kurator zu sein, der den interessierten Leuten alle Türen öffnet, die da *sind* und die zu Tausenden von unschätzbaren Werken führen. Dir wie Mir ist es dann zu verdanken, dass sich das Weltsein lohnt, zu dem die Sterne ihren Sinn und ihre Wohlfahrt strömen.

Hosianna wird allüberall gesungen, wo Ich sanften Schritts vorüberwandle und die Dinge allerliebst verbandle, die sich sonst pauschal und penetrant im Wege stehn.

Wozu Ich stets geneigt bin ist, Mich wie ein Fürst und Freiherr zu benehmen, dem es wie nichts daran gelegen ist, ein Milieu des Freien-über-sich-Verfügens hinter sich zu lassen und dabei mit aller Vorsicht und Verbindlichkeit, Zuversicht, Uneigennützigkeit und Klugheit vorzugehn.

Ich beschreibe einen weiten Bogen um die Meinen hier, um sie zu einer Gruppe von Verständigen und Liebenswerten zu vereinen, die sich wohl sehen lassen kann in ihrer Menschenfreundlichkeit und ihrem glückerfüllten Seinsgenügen.

3.4

Wusstest du schon, dass sich jedes deiner wohlerwogenen Gedänkelchen als ein lebendig Wesen wach erhält solang, wie die ihm zugeschriebnen Kräfte reichen. Was du dir erdachtest, kommt dir immer wieder in den Sinn und wird am Ende wirklich werden, wenn du es nicht meidest, bis es sich im Nichts verlief.

Somit rat` Ich dir: Pflege nur bejahende, aufbauende und beglückende Gedanken, alle Niederträchtigen und Destruktiven lasse fahren.

Brauche nie Gewalt, um deine Ziele zu erreichen, vielmehr schreite recht gelassen auf sie zu, mit der Überzeugung, dass sie sich schlussendlich wie von selbst verwirklichen.

Seelenruhig und gelassen schlägst du deine Zelte auf, wenn du genug gewandert bist durch belebte Populationen oder, wenn es nötig war, auch durch karge Wüsteneien.

Du bekräftigst deine Wünsche, bis sie sich aufs Trefflichste erfüllt und vor den Lebewelten präsentiert und schicklich hergerichtet haben.

Deine Wanderschaft geht auf und nieder und verheisst dir vieles, was du vordem nie besasset und erlebtest.

Es gibt nur eines, was du dir als Ziel und Zacken, Wünschbarkeit und Brauchtum immer vor die Augen halten sollst und das ist: Das Unendliche, das die Erfüllung ist von deinem ganzen Sein und Streben.

Es kündet sich dir an in völlig unbedachten und bescheidenen Momenten und wird schlussends zur strahlenden Gewissheit, Überzeugung und Manie, dass sich alles so verhält im Geistessinne, wie du es erahnt und ausgebaut, erlebt und in dir eingemittet hast.

Im Grund genommen ist es wie bei Präsidentenwahlen. Viele drängeln sich heran, doch nur Einer kann gewinnen und sich als der Herrscher über präsentieren.

Schliesslich siehst du dich ins All erhoben im Bewusstsein, dass du Bist und in der Strategie der gottverehrenden Geschmeidigkeit und Willkür der Gedanken, die nur eines noch im Schilde tragen: Das was *ist* beständig zu vermehren und damit, was du selber Bist, in allen Ehren und Bedeutsamkeiten, die dir innewohnen.

Ich komme dir zuvor, derweil du hinten nachhinkst, aber schliesslich wirst du Meinen Standard doch erreichen und dich frei und selig fühlen immerzu in dem der *ist* und deinen Sinn begleitet und aufs schicklichste belebt.

3.5
Siehst du dich in der Lage aufzutrumpfen, trumpfst du auf und vergisst dabei die Folgen, die unweigerlich daraus erstehn.

Deine Macht und Maskerade beruhn denn nach wie vor auf dem Prinzip der Selbstbedienung, wie des selbstischen Verhaltens. Daraus resultieren laufend Missgeschicke und missratene Figuren, denen man das Eigensinnige von weitem ansieht und denen man statt Achtung Ächtung zollt im Preisvergeben.

Bei Mir hingegen läuten alle Glocken Sturm, wenn Ich etwas Abgefeimtes oder Aufgetakeltes zu unternehmen denke. Das hält Mich davon ab und leitet Mich dazu, nur Auserlesenes, Anständiges und Akzeptables in die Welt zu setzen.

Das führt zu köstlichen Begriffen wie: Venerationen, Publikumsmagneten und enormem Beifall auf der langen Strecke der Bewunderer, Zaungäste und Claqueure.

Schiff ahoi ist hier am Platz zu sagen und nur so weiter auf der Schiene der Verherrlichung der guten Dinge im Allhier.

Ich schiebe dir die besten Brocken zu, die Ich im Feld der Köstlichkeiten eruieren kann und animiere dich dabei, sie auf gekonnte Art und Weise zu verwerten in der Zeit des Wohlstands wie der Krise um dich her.

Das Sachgerechte ist schon immer von Mir hoch geschätzt und demnach auch bevorzugt worden. Ziehst du mit dieser Ansicht mit, so blühen dir die Rosen des Erfolgs an deinen Wegen und du bist ein König der bewundernswerten Taten auf dem krisensichern Thron.

Ich verheddere Mich nie in selbstgelegten Netzen und netze Meine Lippen mit dem strahlenden Prosit auf was Ich wieder Würdiges getan. Mir kommt die Ernte schnurgerad entgegen dessen, was Ich liebevoll gesät und was der Duktus ist von allen Meinen Gaben und Vermächtnissen an eine Welt von Willigen, die Ich vor Mir ausgelegt und von Mir angesprochen seh.

Was dich unentwegt behütet und im redlichen bewahrt, kannst du zu allen Zeiten in Mir sehn und sollst es dem entsprechend estimieren und auf Dauer in dir integrieren zur Gewissheit deiner Wohlfahrt und Gediegenheit in Mir.

3.6

Wer wählte dich, mit seinem Ich an hoher Pforte anzustehn? Mein Leicht-Sinn tats und wird es hoffends nicht bereuen müssen.

In jeder Lage gibt es eine Not und eine Tugend, die dich besser oder schlechter machen. Du quälst dich durch die Paragraphen und erntest Spot und Hohn derweil du Mühe hast, sie zu begreifen.

Momentan herrscht Stille im Bazar der Meinungen, Notlügen und schallenden Begriffe, sodass auch du dich ausruhn kannst auf deinen dürftigen Lorbeeren.

Ich zwinge niemand in die Knie und schreibe keine Richtung vor, doch wenn du wählst, sei auf der Hut, die gängigste zu wählen, die dich unverbraucht und punktgenau an die gewünschte Stelle, Stellung und Bestätigung deiner Werte führt.

Wen immer Ich zu konsultieren wissig, rissig und vorzüglich halte, kann sich rühmen von einer Gottheit heimgesucht, gepflegt und angeregt zu sein, genau nach seinem Muster und Befehl.

Ton in Ton sollst du mit Mir voran und zügig in die Weltenweiten schreiten. Dort erwarten dich Befreiung von Gepflogenheiten, Schutzaufsicht und allgemeines Wohl, die dir vordem nie bekannt geworden waren.

Nun gilt es aufzuräumen mit den Niederträchtigkeiten, die dir das Leben saurer und verdächtig machten. Du hängst nicht mehr allzusehr an ihnen, doch nun ist es dir wie nichts daran gelegen, es gesund und munter, anerkannt und kollegial mit allem, was da *ist*, zu wissen.

Die berühmte Feder, die da alles antreibt, ist frisch aufgezogen und bringt auch dich und deine Angelegenheiten auf die höchsten und begehrenswertesten der Lebensstufen.

Du begreifst wie vordem nie, was es bedeutet, eine Gotteskindschaft zu erleben und ihr treu zu sein, wie nie zuvor.

Von alledem, was *ist*, kannst du nun ohne weiteres erklären, auf welche Weise es zustande kam und wohin es driftet, unablässig de profundis im Begreifen und Verstehn.

Du erntest eine Fülle von Lorbeeren, die dir ob deinem Wandel zustehn, der dich unweigerlich und minutiös, klammheimlich und beglückend in die Universenweiten führt.

3.7

Die Bevormundung hört auf und du darfst dich als ein freier Bürger zweier Welten fühlen. Ich reguliere sie, indem Ich weniger oder mehr Wasser auf ihre Mühlen giesse; die Dosierung bringts und somit hast auch du mit wachem Feingefühl dein Wirken zu prästieren.

Unter Fach und Riegel sollst du deine Werke vor dem Winter bringen, damit sie in der Kälte Wärme offerieren können und dem Spröden Geschmeidigkeit zirkumpolar.

Kommst du in Bedrängnis, überwinde Ich an deiner Stelle die Gefahr und lasse das Gefühl der Sicherheit und Sanftmut in dein Herzblut strömen.

Deinem Tief kommt alleweil Mein Hoch entgegen und versetzt dich in den Taumel eines Glücksgefühls von überird`schen Massen.

Ich spanne ein und lasse Meine Pferde freudig durch die Gegend traben, mitten durch die Blumensaat.

Deinen bisher absolvierten Runden stehn noch viele weitere bevor, in denen du dich zu bewähren hast gläubig, gründlich und global.

Das Vehemente soll dich von Mir ständig und gewissenhaft begleiten, damit du dich in allen Ehren durch die Büsche schlägst und penetranten Widerwärtigkeiten. Meine Hilfe ist dir dabei Trost und Anerkennung deines Reüssierens im Bereich unendlicher Profile und Entschiedenheiten.

Engeren Kontakt ist es, den Ich mit allen Wesen Meiner Gunst und Güte such, um ihr Heil zu wirken und ihr liebevolles Halleluja in der Vielfalt ihrer brausenden Gefühle.

Ist dir etwas schief gegangen, stelle Ich das Gleichgewicht und die gerechte Ordnung wieder her, indem Ich Recht für Unrecht gelten lasse und Nutzen fürs prekäre Untertauchen.

Es muss nicht immer Rauchlachs sein, sagt sich der Kenner feiner Düfte und gerissner Rationen. Zu Zeiten mag ein Pfüpfchen Senf genügen, um deine

Züge aufzuheitern und den Gaumen zu befrieden noch viel mehr.

Scheinst du alles fest im Griff zu halten, braucht es dennoch Mein Genie, um Konstanz und Weitsicht, Unnachgiebigkeit und Toleranz in dein Konzept zu integrieren. Damit kann Ich punkten, wo dir keine mehr zur laufenden Verfügung stehn und kann dich als Adjunkt begleiten in die Sphären wunderbar geschniegelter Glückseligkeit und Herzensharmonie.

3.8
Treibst du's bunt, so komme ich dahinter und lehre dich, anständig, zuverlässig, respektabel und devot zu sein in deinem sibyllinischen Gehaben. Es sollte ein Muster eingerichtet werden darüber, wie man frei Flottierendes in die rechten Bahnen lenken kann, damit es nützlich wird und staunenswert in deinem Zauberladen.

Überhaupt gibt es noch viel zu viele brave Bürger, die mit ihrer freien Zeit kaum etwas anzufangen wissen. Ihnen rate Ich, sich aufmerksamer durch ihr Dasein zu bewegen, um den Ereignissen des Lebens gründlich auf den Grund zu gehn.

Das All-Natürliche beginnt, sich dir lebendig vors Gemüt zu stellen. Die Sensibilität fürs Ewige nimmt zu, bis es dir wirklich vor den Seelenaugen steht bezaubernd, licht und hoch erhaben.

Du spielst nicht länger mehr mit deines Hierseins hoffnungsvollen Volabilitäten.

Für jeden Schnitzer, den du frivolerweis begehst, musst du teuer und markant bezahlen. Mindestens soviel verlange Ich im Nachhinein von dir für den Schaden den du angerichtet hast im geistigen Bereich, der dich von Mir umgibt und heiter macht und hütet.

Bemerkenswert ist nach wie vor, wie viel Vertrauen Ich in dich und deine stolzen Pläne hege. Sehr oft sind sie noch dazu angetan, Mich zu beleidigen und müssen von Mir umgestellt und regelrecht berichtigt werden. Somit müsstest du zutiefst Vertrauen finden in den Habitus von Meinem göttlichen Format. Das klänge dann berückend und entzückend in dem lang gedehnten Zyklus, den wir miteinander intonieren.

Du bedienst den Brummbass, Ich die silberhellen Obertöne, wo die Schwingungen so zart und zärtlich sind, dass sie jedermann entzücken und zuinnerst heiter stimmen im empfindenden Gemüt.

Ich halte dich noch immer für so regsam und beweglich, dass du Meinen Angeboten und Verfügungen allerbestens Folge leisten kannst, um so saniert, salut und unbesorgt zu werden.

Was Ich will, sollst auch du wollen und was Ich für gerecht und richtig finde, soll auch dir plausibel sein. Ich zähle schon die Tage, bis du einspurst auf den Gang in Meine Tiefen, wo du Frieden findest, Satisfaktion sowie unendliche Beglückung im siebenfach gesegneten Allhier.

Du bist Mir so viel wert, dass Meine Wertung nie verblasst und bleibt beständig und inständig an dir hangen.

3.9

So gewandet, so erlebt in Meiner Funktion als alles überschauende Präsenz im Maximalen. Ich tauche auf und tauche ein in Meine Gründe, wie es immer Mir beliebt und lasse dich bewusst und ungehemmt in ihren Wohllaut laufen.

Was immer du erlebst, bestätigt dir den unerhörten Einfluss, den Ich Mir schon immer vorbehalten habe. Was du reizend an ihm findest, entspricht haargenau dem Reiz, den Ich an alledem empfinde, was Ich Mir in aberwilligen Äonen tunlich und gewandt erschuf.

Ich krebse nie zurück, selbst wo Ich Mich bis an den Abbruch der brachialen Lebensdinge vorgewagt und ausgestossen habe.

Was immer du von Mir ermittelst, kann dich nur verblüffen, weil es so gewagt, umstritten, stark und zuversichtlich ist, dass selbst die schlimmsten Kritisierer davor regelrecht verstummen müssen.

Hand in Hand will Ich mit dir zum Hochaltare schreiten, um Mich dort mit dir im wahrsten Sinne zu vermählen, den man einem ewigen Bündnis zugestehen kann.

Kaufst du Rosen, kannst du sie getrost auch einmal Mir zu Füssen legen, um damit die herzinnige Liebe zu bezeugen, die du für Mich hegst. Ich spinne nicht auf dich und umspinne dich trotzdem mit der Vielfalt Meiner Fäden, damit du Mir nicht unbemerkt entgleitest auf den krummen Touren, die du zu beschreiten pflegst.

Barrikaden zu errichten liegt Mir fern, jedoch dich zu hemmen in dem Irrlauf, dem du dich verschrieben, erachte Ich als Meine Pflicht und Meinen Segen für dein künftig Wohl. Ich verteile dir das Manifest der Weltenliebe, die Ich Mir zu arrangieren und zu pflegen vorgenommen habe.

Derweil du noch wie schläfst in deinen Weltentiefen, überwache Ich sie mit dem Götterblick, den Ich Mir in langgedehnten übermächtigen Sequenzen zugeeignet habe.

Das ist Mein Wort zum Tag und soll es auch zur Nacht in deinem lauschenden Gemüte bleiben. Es soll dich strählen, striemen und zugleich begeistern als Impuls zu deinem Gang ins überweltliche, glückseligemachende Elysium.

3.10

Erbarmen will des Herrn Erbarmen, wenn er all die Völker sieht, die darben und noch nicht im Geiste leben Meiner Sendung und Komtur.

Brach liegt, was sie beackern sollten und unbestellt sind die bedauernswerten Felder ihrer Wahl.

Da fang Ich an, sie mit Musik zu trösten, in einer wirkungsvollen Prozedur, um ihren Mut zu stählen für den Gang zu einem bessern Los.

Sie horchen hin und horchen her und finden in den Tönen manchen Anreiz für ein Besseres, das sie nun tun und unterlassen können in ureigener Regie.

Das Eigentliche lastet wie seit eh und je auf ihren schmalen Schultern und drückt und presst, bis sie sich mit ihm versöhnt und richtig angefreundet haben.

Alles, was Ich dir in diesem Sinne auferlege, trägst du kraftvoll und galant dahin, seitdem du Meiner dich versiehst im sinnbegabten Tragen.

Ich erwidere dein Rufen in der Wüste und bedenke und beschenke dich mit warmer Anteilnahme an dem Schicksal, das Ich dir auf gutem Grund bereitet habe. Du selber hast es so begehrt aus Eigensinn und Virulenz nach fürstlichem Gehaben. Das ist nun zum Glück mit dir und Mir vorbei und eine Welle der Erleichterung umspült dein Herz mit sanften Liebesgaben.

Ich gewande dich in Licht aus Meinem göttlichen Begründen und ermanne dich zum Finden einer Ordnung höherer Natur in Meinem Reich der tausend Wohlbekömmlichkeiten.

Ich lade zu Mir ein, wer immer kommen will und schicke wieder weg, wen Ich als zu wenig tauglich und profund erachtet habe.

Über allem waltet Meine Ruh und wo immer du dich findest, spürest du den Hauch der Götterlichten Zartheit, die dich so beglückt und herzensselig macht in einem.

3.11
Als Gutwerker wirst du in die Geschichte eingehn, wenn es dir gelingt, bei der Stange zu bleiben und deine Pflichten mit Anstand und gebührendem Respekt zu versehn.

Ich hole dich an Meine grüne Seite, weil du Zuverlässigkeit, Exaktheit und Kulanz bekundet hast in deinem weltgewandten Tun.

Dem fabelhaften Gegenüber steigt in dir Verehrung auf sowie der Wunsch, es möglichst lange zu erhalten. Scheint dir das gelungen, neigst du dazu, es für immer abzusichern in entsprechenden Verlautbarungen, Speicherplätzen und Folianten.

Dein Gewinn an Popularität geht zumeist mit dem Verlust der Meinigen einher und das soll dir zuweilen was zu Denken geben.

Als Usurpator taugst du wenig, als Vermittler wohlbegründeter und glänzender Ideen jedoch viel. Das hebt dich in den Sattel eines Fortschritts von prägnanter Folgerichtigkeit und lässt dein Renommee im besten Licht erstrahlen.

Du glaubst es kaum, wie sehr es Mir daran gelegen ist, dein Bild in alle Himmel zu erheben und ihm den Touch der Heiligkeit und Vifheit zu verleihen. Das stellt dich allen Müssigen voran und lässt sich's ihnen nochmals gründlich überlegen.

Wie immer geht es Mir um eine Gotteswürdige Struktur, in der sich bestens leben und am Ende Sterben lässt und wieder Auferstehn. Aus guten Gründen hab Ich all dies so Komplexe arrangiert, um der Freude Willen am Erfolg, dem die Bewältigung gebührt. Hast du es verstanden, schicklich und erquicklich mit dem, was Ich dir verliehen habe, umzugehn. wird dir Dank und Anerkennung Meinerseits gewiss sein in der Folge deiner delikaten wie prägnanten Präsentationen.

Was immer wirkt im Weltenleben ist durch Meine Schubkraft impulsiert und wird fortgeführt von dir, sofern du Mich begriffen hast in deinen Meditationen. Das steigert sich bis zum glückseligmachenden Verständnis , dass wir einig sind im Grundgehalt von unseren Wesen und dass wir deshalb nichts und wieder nichts zu fürchten haben im weltlichen wie im überweltlichen Rumoren.

Ich verlange lediglich Gehorsam, Einsicht, Seinsbewusstheit und Ergebenheit von dir, die zusammen einen Mix ergeben von unendlichem Beglücken, seinsgerecht in Mir.

3.12
Union auf der ganzen Linie ist von Mir angesagt und muss auch dich betreffen in dieser Stunde strahlender Begier.

Unmerklich geht Vollendung vor in deinen Zügen und will dich fit und fähig machen, um Unendlichem und Gloriosem auf die Spur zu kommen.

Ich fasse dich mit feinen Fingern an und führe dich zu neuen, nie gekannten Überlegungen, die alle Mich betreffen in der Schulung Meiner wohlbehüteten Eleven.

Meine Lehren sind auf Dauer angelegt und können weder widerlegt noch aufgebessert werden. Stimmst du ihnen zu, bedeuten sie für dich unendlichen Gewinn an Weltgewandtheit und glasklarem Über-dich-Verfügen.

Zieht es dich woanders hin, kann Ich dir keinen bessern Rat erteilen als: Spiele deine Stärke aus im

Bunde mit der Meinen und sei so wie Ich dich haben will im Unergründlichen.

Wo gesucht wird, lassen sich die Lebensdinge anstandslos und sicher finden, soweit Ich daran beteiligt bin und Meinen unermessnen Spürsinn walten lasse.

Berufst du dich auf Mich, so kann dir nichts verloren gehn und du greifst genau in jene Ecke, wo es liegt und deinen raschen, freudigen Griff erwartet.

Ich vermehre ständig die Kapazitäten, die du seit Äonen aufgebaut, gepflegt und gutgeheissen hast in deinem Resümee von fabelhaften Liebestaten.

Nun sehe Ich dich wohldotiert mit allem was du nötig hast für einen angemessnen Wandel in Beschaulichkeit und genüsslichem Betrieb. Hochholde Unschuld, will Ich sagen, wenn du sie erreichst trotz allen Widerborstigkeiten, die dir alleweil im Wege stehn.

Ich Bin das heilige Versprechen, etwas Rechtes und Bekömmliches aus dir herauszuschlagen. Das ist dann glaubhaft, seinsgerecht, wahrhaftig und gediegen gegenüber dir. Deine Züge hellen sich tagtäglich auf und lassen eine gute Laune und ein aberfröhlich Herz vermuten.

Bewusst mit Mir verwandt zu sein ist eine Tugend von unschätzbarem Wert und maximaler seinsrealität im strahlenden Allhier. Du nimmst sie auf als wahr und wirkungsvoll in allen deinen Aktionen und beginnst Mich zu vertreten, wo es immer nützlich und verträglich ist. Die Union von

Sein zu Sein ist hier gebildet und verträgt sich heiter und gelassen immer mehr.

3.13

Die Halbwertszeit ist bald erreicht in deinem Dich-Begründen, solang es dir nicht einfällt, Mich als Verehrer und Vermehrer deiner Schätze zu erwähnen.

Täglich rufst du nach Erlösung und begreifst nicht, dass du selber dich erlösen musst von allem was dich daran hindert, wie von dem, was an dir hängt im zeitlichen Betrieb.

Ich stolziere nicht, dem Gockel gleich, umher. Ihr aber pendelt zwischen See und Lachs und Rippen, Brötchen essen und Kaffee goutieren und besinnt euch nicht, auf was ihr seid,im Unergründlichen.

Es stellt sich dabei bald heraus, dass das bei weitem nicht genügt, um dich gehörig durch-zuschlagen zum bewundernswürdigen Final.

Die Arbeit an dir selbst muss dort beginnen, wo die Meine aufgehört hat zu florieren. Das Ziel jedoch muss stets dasselbe bleiben nämlich: Das Unendliche und Unerhörte zu erreichen in des Lebens Gangart, Lust und Stil.

Ich bring es auf den Punkt, indem Ich Mich dir offenbare als Malachit und Edelstein in deinem Halsgehänge, Outfit und Gehaben.

Mit was Ich dich hier unterweise, kann einjeder einsehn und sich leichthin daran laben im belebten Seinsrevier.

Du greifst damit noch lang nicht zu den Sternen, Ich aber habe ihren Sinn und Kreislauf längst begriffen in der unendlichen Betriebsamkeit, die sich ereignet, dort und hier.

Meine Meisterzüge sind auch jetzt so gültig und gediegen, wie sie schon ehdem waren, indem Ich Meinen Platz am Steuerbord gebührend, seinsbewusst und innig innehalte bei der Überquerung Meines universenweiten Ozeans.

Des Langen und Breiten suche Ich dir zu erklären, dass es bei dir darum geht, Gewissheit von dem Sein an sich in dir und deinem Weltsein zu erreichen. Das ist schliesslich aller Mühe wert, die *Ich* dir auf dem Weg zu Mir bereite und die dich stählen soll für deinen Griff ins Ewige in dir.

Du magst noch so fromm sein, schau bei *Meiner* Frommheit nach, was sich geziemt, um selig, heiter und im Innersten beglückt ins Göttliche Nirwana einzugehn.

3.14

Weltgedanken sind von Mir und Meiner Crew in alle Winde zu verbreiten. Sie mögen retten, was zu retten ist und leben lassen, was der Rettung nicht bedarf in seinem Orgueil und Gehaben.

Bist du vorbestraft, so will Ich dich nicht weiter züchtigen mit Meinen sieben Geistern der Verwüstung. Ich will dich vielmehr in die Arme schliessen und dich väterlich und mütterlich liebkosen.

Das ist es, was du Frieden nennst, weil es Mir ständig aus dem Herzen quillt und die

Menschenwelt erfüllt mit seiner Sanftmut, wie mit seinem freudenreichen Seinsgehaben.

Sowie du Mich erkennst, verändert sich dein Blick auf was du Bist und schaffst im Weltenleben. Du trittst an Meiner Stelle auf und äusserst dich mit Argumenten, die von Meiner Seite zu den Menschen kommen sollen. Das sind dann Worte, die die suchenden Gemüter erbarmungsvoll in eine seinserhabne Zukunft führen. Sie besticht mit ihrer simplen Grazie des Unendlichen, die sich aus ihrem Willen offenbart und vielen alles bringt, wes sie zum überirdischen Erfolg bedürfen.

Bist du jovial, so schaffe Ich dir ausgezeichnete Zitate an, die dich eines Besseren belehren und den Ernst des Lebens adäquat betonen.

Du sicherst dir den ersten Rang in deinem Seinsgehaben, wenn du Meine Weisungen genau befolgst und dich nicht an der Nase in die Irre führen lässt von den Verlockungen in deinem Seinsrevier.

Gib acht auf deine Waden, dass sie dich nur dorthin tragen, wo positiv gedacht und demnach auch gehandelt wird im Reich des leistungsfähigen Elans.

Mein Gewittern ist ein Segen für die Lande, wo Ich nach dem Sähen Fruchtbarkeit und volle Ären wittere in Meiner Würde Schoss.

Ich betone stets, dass Mir wie nichts daran gelegen ist, die Welten zu befördern und befrieden, die Ich Mir erschuf. Das zeitigt dann ein Milieu von seinsbegabten Freiheitskämpfern, die noch wissen was sie tun und denen man Vertrauen schenken kann in jeder Hinsicht in des Seins allherrlichem Begüten und Behüten und aufs Innigste-sich-selbst-Verstehn.

3.15

Willst du klemmen, stosse Ich voran und dösest du, so wecke Ich dich auf, damit die Lebensdinge ihren ordentlichen Fortgang nehmen.

Darum stosse Ich dich kräftig an, damit deine Wachheit Dinge schafft von unvergänglicher Beliebtheit und Kontur.

Ich moduliere, was du Bist, zu einem Phantasiegebilde von beglückendem Erleben, und lasse dich dann weiter an ihm wirken, bis zum Kunstwerk mit bezaubernden Manieren.

Stösst dir etwas auf, so begrenze Ich es wieder, bis du dich fein säuberlich in dir geborgen fühlst, sogar in Krisenzeiten.

Bekanntlich merke Ich Mir alles was geschieht im Tagesbrausen und setze ihm noch einen drauf, wo es sich lohnt, hinzuzutreten.

Ich reagiere nicht, wo fade Düfte in den Äther steigen, hingegen setze Ich Mich für Markantes ein, damit es bis ins Zeitenlose ragt in seinem Willen, grandios zu sein und überragend.

Möchtest du dich frei und sicher fühlen, sage zu, wenn Ich dich um dein Mittun frage im Bereich des Miteinandergehns auf götterlichten Spuren. Das adelt dich und bringt dich in die ausgezeichnete Verfassung, der man Vertrauen schenken kann die Menge und Bewunderung dazu.

Mit dem was bockt Bin Ich gewohnt, in kurzer Prozedur reinen Tisch zu schaffen, damit die aufmarschierten Lebensläufe schicklich und erquicklich weitergehn.

Ich finde es nicht ohne, wenn du dich mit Mir und Meinem Drive tagtäglich durch die Büsche schlägst, die soviel Klugheit und Elan verlangen. Das wird dann bald zu einem Fest der gloriosen Taten, die die Seinsannalen ganz enorm bereichern und zum Lesen animieren.

Ich pflege alles mit allem zu kombinieren, damit aus dem, was *ist*, ein Maximum herausschaut, Meinem, wie auch deinem Willen untertan.

Kaum zu erwähnen brauche Ich, dass es Mir ständig daran liegt, das Beste und Beglückendste, was möglich ist, behände zu kreieren. Das macht das Sein bekömmlich und gewährt Befriedung und Erbauung für die freudesuchenden Gemüter.

4

Ich rede aus dem Rosenstrauch

4.1

Ich rede aus dem Rosenstrauch, aus den silberhellen Flüssen, wie aus jeden Kinderlächelns Hauch, dass es die Menschen sehen müssten.

Grundwerte sprechen dich im Stillen an und bedeuten dir, wie Ich's denn meine, dich überzeugend von dem Anspruchsvollen deiner Lage und davon, wie es denn sein muss heutzutage.

Gibst du dich so, wie Ich's von dir verlange, darf der Erfolg sich Zug um Zug vor Meinem Antlitz sehen lassen.

Ich krämere nicht lange um den Brei herum, sondern lasse Meine Löffel in ihn fahren, das belebt und hilft dem Leben freien Lauf bewahren.

Was immer Ich dir garantiert und zugesprochen habe, kommt dir in aller Form und Farbe frohgemut entgegen und beglückt dich ständig wie am Schnürchen.

Damit kannst du dich wohl meinen und deine Ansicht an die grosse Glocke hängen, wo immer du Gehör und Anerkennung finden möchtest.

Was ist denn Klugheit, wenn nicht das erschütternde Motiv, aus allem, was dir so begegnet, etwas zu entnehmen, was dich formt und mündig macht im Weltgeschehn.

Dich streift der Flügel der Gerechtigkeit am Sein und Leben, wenn du dir von Mir erlauschest, was zu tun ist offenbar.

Sind deine Wege sinuös gewesen, laufen sie nun schnurgerad dahin, von Mir zurechtgebogen und -gelegt im Handumdrehn.

Gar viel ist noch von dir zu ernten, was schon reifend auf dem Lebensfelde steht und was die Welt entzücken wird in seiner Frische, Stubenreinheit und Fertilität.

Ich ziehe dich an unsichtbaren Fäden zielbewusst hinan und unterweise deine Denkkraft voll Elan mit auserlesnen Köstlichkeiten. Diese sind es, die dein Herz erlaben in beglückender Manier, wie mit der Absicht, es für immerdar in Meinen Reichtum, Richtwert und Befund emporzuheben.

Willst du locken, locke Ich sie dir heraus und lass darob dein Antlitz in Glückseligkeit erstrahlen. Immer Bin Ich dir so gut und lasse Meine Güte dich konstant, bekömmlich, liebevoll und seinsgeschwisterlich umkreisen.

4.2
Aus alledem geht rasch hervor, dass hier Kräfte überirdischer Natur am Werk sind, dich mit einer Fülle Lichts und Liebe zu begaben.

Angebrochen ist für dich die Zeit, in der dir alles wohlgelingt, was du zu schaffen dir getraust und alles sich nach deinem Sinn ergibt und deinem Spekulieren.

Gar vielen ist das Darben noch prägnant und prägend ins Gesicht geschrieben. Du aber darfst mit freiem Mut voll Zuversicht in Meinem Sinn und Sesam operieren.

Du streckst dich alleweil hinan und kannst so mustergültige und magistrale Resultate zeitigen, die die Welt verblüffen und die Konkurrenten weit hinter sich im Regen stehen lassen. Vor allem zeichne Ich Mich aus mit dem was Ich auf kleine Täfelchen die Fülle schreibe, um dem Menschsein die beste Bildung und Entfaltung zu bescheren.

Mein Gehalt an Weisheit ist enorm und soll auch bald einmal zu deinem Repertoire gehören, aus dem du schöpfst und schöpfst ohn` jegliches Versiegen.

Ich stelle ständig auf die Füsse, was aus purer Unbeherrschtheit umgefallen war und reinige, was sich beschmutzt hat, in den Strassengräben.

Hinter vorgehaltner Hand bezeichne Ich die Dinge, wie sie wirklich sind und adle sie darauf mit Meinem Namen, wie mit Meiner liebevollen Korrektur.

Lässt du dich gehn, so gleitest du bald ins Absurde und wirst ausgepfiffen von der Menge, die dich gaffend und beleidigend umsteht. Das ändert sich, sowie du deinen Fehler einsiehst und ihn Mir in guten Treuen vorlegst, damit Ich richtigstelle, was zutiefst verdorben schien.

An Mir soll es nicht hangen, wenn es darum geht, einer Sache Pfiff und Anmut zu verleihen, wie's den Göttern wohlgefällt und wie's die Menschen gerne leiden mögen.

Ich bewältige mit Eleganz und Eloquenz den Kram, der Mir den Weg versperren und vergällen will in Reinkultur. Ohne jeden Fehltritt wandle Ich gekonnt dahin, wo die Leichtfüssigen und Flüssigen sich längstens angesiedelt haben.

Auch deine Welt wird wesenhaft und wunderschön, wenn du's vermagst, Mich hinter alledem, was *ist*, zu finden und in Meiner firmen und beseligenden Obhut unbeschwert, glückselig und erhaben vorzugehn.

4.3

Ein Glanzpunkt der Gelehrigkeit und Willensstärke sollst werden unter Meiner gotteswürdigen Regie. Wo du noch dagegen bist, Bin Ich schon längst dafür und auf dem Weg, dich von der Wahrheit Meines Gegenstands zu überzeugen.

Was immer du mit starker Hand erfassest, fasse Ich genauso an und helfe dir, es mit Erfolg und Rasse durchzubringen. Hast du für einmal Meine Gunst gewonnen, steht sie dir für immer zur Verfügung und bewirkt dein Wohlbefinden und dein Heil.

Überall, wo Ich Mich etabliere, ziehen gute Gründe ein und hochwillkommene Allüren. Die Stimmung ist entsprechend heiter und gelöst. Was dich vordem drückte , hat sich in Komfort und weiterführende Geselligkeit verwandelt, Wohlbefinden und Relieve.

Ich beschreibe dir, was du im Herzensgrund schon weisst und lass es dir voraus Parade laufen. Du wirkst, indem Ich in dir wirkend Mich erweise und legst in tadellose Ordnung, was Meine Kräfte dir vermittelt haben.

Eine Spende deiner Hand möcht Ich auch haben, weil sie von Mir, dem Allerhöchsten, kommt und den

Besitzer wieder heimwärts zieht ins Reich der ewigen Beschaulichkeit und Harmonie.

Aus Keimen, sind sich alle klar, entwickeln sich im Frühling Baum und Blüte und offenbaren damit Meine Kräfte, die dahinter stehn.

Gibst du Dampf, so ist es besser, dich Mir zu weihen als dem Trügerischen, das sich allüberall zu verbreiten droht. In Mir scheint Klarheit auf, überlegte Heiterkeit sowie des Geistes wunderbar beflügelte Parade, die dich zur Quelle führt von allem in des Seins Natürlichkeit und eminent beglückenden Gehabe.

Fällt es dir ein, den Ruf aus Meines Herzens hoher Warte zu erwidern, fasst dich ein unendliches Vertrauen an, das dir Heilung bringt von allem Übel und dich zur Erbauung und Beschauung führt im ewigen, von Mir begründeten und angezündeten, beglückenden und heitermachenden Allhier.

4.4

Modulierend und Kreierend schreite Ich durch die Jahrtausende hinan und fasse Mich dabei in einer Einigkeit zusammen von unendlicher Katharsis und bewundernswertem Angewöhnen.

Ich verstrahle Meine Kräfte in den hellen, heilen Gleichmut, den Ich längstens pflege und sogar zur unverbrüchlichen Doktrin erhebe.

Meiner Werte Überschwang will dabei auch dich betreffen, um deinem Dasein Gotteswürde, aber-willige Prägnanz und Zugkraft zu verleihen.

Du darfst mit Meiner Elle messen und dabei die deine ganz vergessen in der Auserlesenheit des ewigen Tages, den Ich dir voll Sanftmut zugeschrieben.

Die von Mir gesetzten Hürden hast du glänzend übersprungen und hast dabei ein Lied gesungen, allen offenbar.

Kannst du dich für Mich erwärmen, so heize Ich dir zudem tüchtig ein, damit die Neigung stärker wird, bis zum Nimmermehr-Vergehn.

Was willst du von Mir halten, wenn du Mein Reich betrittst der unbegrenzten Möglichkeiten dich schaffend zu vertun? Da gilt die strikte Losung: Liebe, was du tust und tue was du liebst mit deiner Flut von Neigungen und Kantilenen.

Ich horche weit herum, um festzustellen, was gewünscht wird von den Meinen und wie Ich denen Satisfaktion erteilen kann, die sich in Meinem Sinn und Geist verändern wollen.

Im Reich der offenbaren Rätsel Bin Ich grandios und weiss sie alle sachgerecht und liebevoll zu lösen. Damit schichtet sich Erkenntnis auf Erkenntnis in den wachgewordenen Gemütern und befriedet sie in wunderbar beglückender Manier.

Es geht die Sage um von einer Welt der geistigen Gepflogenheiten allesamt von Mir begründet und gepflegt in Kosmenweiten. Diese gilt es zu begreifen und in aller Form und Farbe anzunehmen als das Nonplusultra allen Seins im unergründlichen Gewoge.

Das bringt dir dann Relieve von allen Mühen um erkennende Gewähr und zaubert eine Wirklichkeit vor deine Seele, die verhält und dich vereint mit allem, was da *ist* in Meinen wunderbar beseligenden, sagenhaften und ereignisvollen Weiten.

4.5

Vom Tod ins Leben, heisst die aberwürdige Devise, die dir schmackhaft macht, was viele gar nicht sonderlich zu schätzen wissen.

Ich bringe auf den Punkt, worum es geht, indem Ich dich in Sachen Sein herzinniglich belehre.

Durch deine Neugeburt fällst du aus dem Bewusstsein der Unsterblichkeit hinaus und musst dich durch ein Leben mit der Aussicht auf das Sterben quälen. Das scheint nicht gerade süss, erscheint dem Weisen aber als Gelegenheit, sich so weit auszubilden, bis er sich als Sein im Sein erkennt, beglückt und hoch erhaben.

Ich spende Licht, wo immer Ich erscheine und hebe leichterdings zu Mir hinan, was Ich mit Meiner Gegenwart berühre.

Siehst du das ein, so weisst du dich vor Glück und Seligkeit, Begeisterung und Lebensliebe kaum zu fassen.

Schnittig und blitzblank ist deine Fahrt von Tag zu Tagen.

Kommunikation ist bei Mir gross geschrieben. Sie verlangt Gehorsam, Disziplin und Wachheit, damit die definierten Güter anstandslos hinüber- und herüberfluten.

Worauf Ich zähle, sei dein eifriges Bestreben, dem, was Ich gestaltete, zügig auf den Grund zu kommen und ihm zudem neu Erfundenes hinzuzufügen, damit die Welt lebendig bleibt, zukunftsträchtig und gediegen.

Aus Meiner Sicht ist alles möglich, was Gedanken fassen können und was mit Andacht und Geduld verfolgt wird, bis es wirklich da ist vor erstaunten, aufmerksamen Augen.

Meinem Hin und Her muss stets der Drang nach vorne innewohnen, damit das Weiterkommen rauschende Triumphe feiert und nach mehr verlangt mit siegessicherem Behagen.

Köstlich ist, was kommt, wenn es von Mir begnadet und begabt ist mit den Rollen, die Ich ihm zugedacht und treulich übermittelt habe. Alles wird stets anders, wo *Ich* die Hand im Spiele habe und wo Meine Ansicht Fuss fasst in lebendigem Allraumen.

Somit ist zu wünschen, dass die Weltendinge alleweil nach Meinem Plan und Plurial verlaufen und damit wohlbekömmlich, tugendhaft und anerkannt sind bis hinauf in Meine götterlichten Sphären.

4.6
In welchem Sektor bist du tätig, wird so nebenbei gefragt im Krämerladen des aufgestiegnen Meisters Morya.

Willst du es zum aufgestiegnen Meister bringen, frage bei Mir an, was zu unternehmen ist dafür und lass dich dem entsprechend unterweisen.

Noch viel ist regelrecht zu unternehmen, bis dein Wissen, das umfasst, was Ich schon lange intus habe und was tragbar ist in deinen Aspirationen.

Gelassen und getrost geh Ich voran mit Meiner Lampe und erhelle, was du Bist, in wunderbar gesegneter Manier.

4.7

Beschäftigt dich das Freiheits-Ideal, kann Ich dir dazu eine nette Anekdote auf den Tisch des Hauses legen: Es ging einer ohne Schirm spazieren. Als der Regen kam, verflucht er diesen, statt sich selber tüchtig ins Gebet zu nehmen.

Immer geht es um den Sinn, wenn Ländereien oder halbe Kontinente den Besitzer wechseln sollen. Da steht im Raum, wie lange wohl wird der Erwerber, eh er abdankt, freien Willens oder unter Zwang regieren können?

So vergänglich ist das unvergänglich Scheinende, wenn man die Zeit nur um ein weniges verlängert, ins Geschichtliche hinein, wo eben die Jahrhunderte den Takt befehlen.

4.8

Beglückt und burschikos trittst du Mir dann entgegen, wenn deine Seele sich gelöst hat von den Kümmernissen deiner Zeit und sich in Meiner Hemisphäre froh und heiter fühlt nach Noten.

Du gehst gezielt Projekte an, die überragenden Erfolg in Aussicht stellen und die von jedermann gelobt und gutgeheissen werden.

Keck und Klever seh Ich dich durchs Leben schreiten und Genugtuung erfahren für alles, was du angeritzt und angezogen hast in deinem Eifer, grandios zu werden.

Ich pflichte dir gebührend bei, wenn du die Absicht äusserst neue Pläne aufzulegen, die von Zuversicht und Tatkraft strahlen und in ihrer schlichten Schönheit jeden überzeugen, der da Inniges erfahren und zutiefst empfinden will.

Bis dato bist du kaum je so entzückt gewesen über eine Geste reiner Güte, die das Leben dir bescherte und dich damit auch belehrte, wie begeisternd und beseligend es sein kann in den Geisteshöhn.

Dir wird damit zuteil, was vielen anderen noch nicht gewährt ist und was dich davon überzeugt, dass sich das Leben immer besser anlässt in Verbindung mit den Geisteskräften, die ihm ständig zur Verfügung stehn.

Du weisst, was es heisst, von Mir geführt zu sein in allen weltlichen wie gottesgeistigen Belangen. Das verleiht dir dann die Sicherheit im Vorgehn, welche stets auf Mich Bezug nimmt in der übersinnlichen Natur.

Was immer Geltung hat und sich als hochbedeutend, fortschrittlich und luzid erweist, wallt hinab von Meiner Stätte Dauern und hat ewigen Bestand in dörflicher wie kosmischer Manier.

Seh Ich dich schweigen, trachte Ich danach, dich auf vieles aufmerksam zu machen, was du sonst nicht siehst mit deinem starren Blick auf Kleinlichkeiten.

Du verwendest grosse Worte, doch sie taugen gar nicht viel im Hinblick auf das Wesentliche, das Ich mit deiner Hilfe und Gewähr zur Wirklichkeit, Wahrhaftigkeit und Ebenbürtigkeit mit Mir erheben will.

Was immer Ich gestalte, schenkt gebührend ein, so dass es allerseits beachtet wird und auf den Thron erhoben.

Ich werte auf, was vordem an dir unnütz und verdorben schien und lasse dich zum König deines Reichs und deines Reichtums werden. Alle deine Güter schliess Ich ein in Meine sakrosankte Güte und lasse dich in ihnen wohl gedeihen.

4.9

Gelegenheiten gibt es für dich viele, um dem Zeitlauf auf den Zahn zu fühlen, und herauszufinden, wo der Schuh drückt unter vielem. Das ist dann von Mir die Gabe des Moments, wo du dich ändern kannst in der Richtung wie im Stil.

Es kann dann soweit kommen, dass du quasi als ein neuer Mensch aus dem hervorgehst, was du vordem warst, weil deine Ansicht und Idee vom Sein und Leben sich komplet geändert haben.

Du durchschaust die Wände, die dem Blicke Einhalt und Valet geboten. Glasklar sind deine Definitionen, und Klarheit über deine Lebensweise herrscht in allen Sparten, wo du tätig bist und ingeniös.

Wie mit Zunder zündet dir Gedanke nach Gedanke hell ins Herz hinein, an dem du dich erfreuen und erbauen kannst in vielerlei Belangen und Ermunterungen um dich her.

Du greifst nicht mehr ins Leere, wenn du zupackst und die Welt begreifst als eine Lehranstalt von kosmischer statt komischer Dimension.

Neue Planungen entrollen sich vor deinen aufgerissnen Augen und stellen sich dir dar als wunderbar geschliffene, begriffene und ausgefeilte Episoden in der Landschaft deines Seinserfahrens.

Du kennst dich endlich aus in den Begriffen, die Ich für dich ausgehandelt, definiert und in Mir eingemittet habe. Das lässt dich deine Lebenstage mit Geduld, Gutmütigkeit, Klaglosigkeit und Wohlverstand verbringen und dazu mit dem Gefühl der Andacht vor den Herren, die den Evolutionen Gang und Gangway zu bestimmen haben.

Der Zeitlauf deines Hierseins wird dir überaus gediegen, nützlich und genial geschnitten nach dem Mass, das Ich ihm vorbestimmt und zugelassen habe.

Alles Weiterführende strebt in einem lichterfüllten Bogen Meinen Universenweiten zu und verbindet sich mit dem, was Ich schon von ihm weiss und wissend auch prästiere. Die Lebens- und die Webenszeiten raffen sich zu einem Bild von unvergänglicher Bedeutsamkeit und Glorie zusammen, an dem sich männiglich erbaut und seine eigne Stärke findet, seinen Glanz und seine Wohlfahrt alleweil in Mir.

4.10

Was stellst du dar, derweil Ich dich mit Mir vergleiche und dabei ein Resultat erreiche von bewundernswerter Übereinkunft zwischen dir und Mir.

Da gibt es keine rote Linie mehr, die zu überschreiten Sanktionen nach sich zieht. Alles ist aufs Beste ausgeglichen und verläuft in Heilkraft, Gutmütigkeit und seelenvoller Harmonie.

Du kommst so weit, weil du Mich kommen siehst und Mir vertrauensvoll entgegenschreitest auf der Spur des gläubigen Erwartens von noch viel viel mehr.

Du lernst Mich zu begreifen und siehst dich Meinem Anhang gegenüber, der sich in Hierarchien und bedeutungsvollen Stufen stapelt, deinem Wohl zu dienen und Mein Votum zu verbreiten in den Universenweiten um Mich her.

Was immer an Mir gut ist, soll auch dir zugute kommen und was Mich fördert, soll auch deinen Werten Auftrieb und Manierlichkeit verleihen. Es singen dir's die Winde wie die Vöglein zu, dass alles, was Ich unternehme fruchtbar ist und Resultate zeitigt von bewundernswerter Schmiegsamkeit und überragendem Elan.

Was immer Ich bekenne, soll auch dir bekannt und koscher werden auf dem Gang in deine Tiefen und Verästelungen deines Seelenseins vor Mir.

Kaum zu glauben ist, wieviel Mein Einfluss heute noch in dir bewirkt in Sachen der gedanklichen

Geschmeidigkeit wie des holdseligen Empfindens Meiner Näh.

Du geruhst zu schweigen, sowie du Meine Fülle nahen siehst und schweigst dich wohlbedacht darüber aus, was noch an dir zu tadeln wäre.

Indes halte Ich die Universenwelt im Griff und spende ihr beständig nur das Allerbeste, was Ich intus habe. Es läuten dir die Glocken Meines Daseins eminenten Seelenfrieden zu, derweil Ich danach trachte, diesen immerfort aufs Beste zu erhalten.

Meine Stärke gleicht die zitterigen Schwächen bestens aus, die dir noch allzuviel zu schaffen machen. Sie hebt dich über das, was du schon Bist, himmelweit hinaus und lässt dich in Erwartung schwelgen von dem, was da noch kommen soll an fabelhafter Evolution von Meiner Seite, wie von deiner, im lichterstrahlenden Allhier.

Dort dürfte dich der Sog der Zeit in schwebender Bewegung halten und du würdest tief beglückt und wesenhaft für immer in ihm auferstehn.

Es werden Geisterscharen dich behütend und beseligend umweben, deren Klang und Fülle dich mit Friedefertigkeit beseelt und dich in ihm bewahrt in freudestrahlenden Unendlichkeiten.

Du spinnst wie sie am selben Faden des begeisternden Elans, mit dem sich alles fortbewegt, was *ist*, und dessen Länge, Dauer und Betrieb zur Seinsgeschichte wird, in der die Wesen all sich selbst erleben.

Du konstatierst Befreiung von jedwelchem Drill und wirkst, was du zu wirken hast, in freiem Über-dich-Verfügen.

Das Redliche und Ehrenhafte dominiert in einer Sinnkraft und Bewusstheit ohnegleichen, und was du immer unternimmst geschieht in ausgezeichneter Gefälligkeit am Sein und Weltenleben.

Im Überschwang des Deine-Ewigkeit-Erlebens mutest du dir zu, mit schöpferischem Flair zu schaffen, was sich im Nachhinein als genial und glorios erweisen wird in Meinem wie in deinem Seinsgefühl.

Du vollziehst Mein Soll und stilisierst es frohgemut zu deinem Haben. Du pflegst um es herumzuschwänzeln und ihm Referenz und Ehrfurcht zu erweisen als in einem klassischen Modul.

Du wirkst beständig und kausal, was *Ich* in dir zu wirken nötig finde und behältst dir vor, zu bocken, wo dir etwas, deiner Ansicht und Vernunft gemäss, missfällt.

So rührend bist du, wenn du Meinem Willen freie Fahrt in dir gewährst und stellst Unrühmliches und Fratzenhaftes dar, wenn deine eigensinnigen Wege Vortritt haben.

Alles geht gut aus, solang du eins und einig bist mit Mir und Meinen Präferenzen. Das lässt dich schick und liebenswert erscheinen und stellt dich dar als eine Wesenheit von gläubigem, glaubhaftem und gediegenem Format, an dem sich ganze Geisterregionen ungemein und inniglich erlaben.

4.11

Ich halte Ehrenwache vor den Toren der Allmenschlichkeit und suche diese fit und fröhlich, kerngesund und koscher erhalten. Willst du bauen, baue Ich getreulich mit und sorge dafür, dass die Zinnen deines Tempels Sonnglanz und Glorie verbreiten.

Wofür Ich immer Mich verwende, blüht es auf und glüht bis in den späten Abend wieder. Ich zeige dir wo's lang geht und verzeige dich, wenn du nicht spuren willst in Meinem Sinn und Geist und Weben.

Kannst du begreifen, dass es Mir beständig darum geht, dich Stuf um Stufe höher zu Mir zu erheben, damit du einst als Cherub dastehst, von gelindem Götterglanz umgeben.

Zählst du, so zähle Ich mit dir die Zeiten, in denen du erwachst vom Schlummer und dich als Genesener entpuppst im Ablauf deiner täglichen, tatkräftig aufgemachten Rituale.

Die Verbindungen zu Mir und Meinen Sphären sind intakt sowie du dich ermannst, die Pfade Meiner Hochfahrt, Hoheit und Bewusstheit siegreich zu verfolgen und bestehn.

Hast du eine Runde anstandslos bestanden, leg Ich dir die nächste vor und verpflichte dich dazu, sie nach Gesetz und Ordnung, Kühnheit und gewissenhafter Einheit mit Mir zu beschreiten.

Es gibt kein Etwas, was Ich nicht unter Meinem göttlichen Kontrollsystem behielte, um es unbedingt und clever der Vollendung zuzuführen.

Meine Wachsamkeit ist Legion und Meine finstern Augen hellen sich dann auf, wenn sie dich am Lebenswerke und -verständnis sehn.

Bist von der Bibel angetan, so kann Ich dir versichern, dass du vieles darin findest, was dich bildet und zu Mir erhebt in aussichtsreichen Serpentinen.

Wahrhaftigkeit ist eine Zierde, die auch dich gebührend schmücken soll, damit Ich auf dich zählen kann wo's darum geht, unmissverständlich und genau zu sein im sinngemässen Seins-betragen.

Ich erlaube Mir, dich darauf aufmerksam zu machen, dass du Bist, ein kostbar Glied in Meinen Myriaden Gliederungen und ein zählender Bestandteil dessen, was das Allgewölbe trägt auf immerdar in seinem Selbstgenügen.

4.12

Handelst du, so reiche Ich dir beide Hände, damit das Werk noch rascher und geschmeidiger vonstatten geht. Bienenfleiss muss herrschen, wo Ich Mich mit Wesen solidarisiere, die etwas Nützliches und Überragendes bewirken wollen.

Du magst dich füglich fragen, wohin das alles führen soll und Ich erwidere spontan: Zu Mir und Meinen geisteswirklichen Plantagen.

Gar viele sind schon auf dem Weg, doch wissen sie im Grund genommen nicht wohin und bleiben hängen, oder sie verirren sich in tausend Lappalien und verhängnisvollen Widrigkeiten.

Das aber soll in deiner Hemisphäre nicht geschehn. Du sollst den Willen und die Einsicht in dir tragen, Meine Sendung innig wahrzunehmen und sie durch dick und dünn und ohne jeden Abstrich zu vertreten.

Wenn es sein muss, weichst du nicht mehr von der Stelle, wo du hingehörst, oder du beeilst dich konsequent dorthin zu kommen, wohin *Ich* es dir befahl.

Nichts Übermütiges und Tolles, Tollpatschiges und Überflüssiges soll dabei im Spiel sein, damit das Ganze richtig rund läuft wie auf fabelhaft geschmierten Schienen.

Ich kenne Meine Pappenheimer aus dem FF und verlange demgemäss von ihnen haargenau soviel, wie sie auch leisten können und ein bisschen noch dazu, damit sie ihren Teil auch wirklich ganz erfüllen.

Ich benedeie die von Mir Geführten Tag für Tag und halte die von ihnen fern, die ihnen stets das Handwerk legen wollen. Zu pfuschen liegt Mir fern und etwas zu vertuschen noch viel mehr. Das soll auch deine Absicht und Devise sein ein Lebelang und über Generationen.

Wie wertvoll du Mir bist, kann schlussends nur Ich entscheiden. Dass sich in dieser Hinsicht etwas tut, wirst du wohl längst bemerkt und dir zum glänzenden Idol erkoren haben.

Was Mein Sein betrifft, muss immer auch das Deine ungemein bedeuten und es um zig Potenzen weiterbringen in der Art, wie du dich gibst und damit auch vollendest alleweil in Mir.

Ich garantiere dir, dass sich noch alles, was dein Sein betrifft, zum Exzellenten wendet, das Ich ständig und inständig propagiere. Du glaubst nicht, wie Mich alles dazu reizt, ihm noch höhere und weitere Bestimmung zu verleihen im Zug der Evolution, die Ich Mir ausgedacht und alles dafür aufgewendet habe.

4.13

Malerische Zeiten führe Ich dir an sowie es dich gelüstet, etwas wahrhaft Drolliges und Molliges zu erleben.

Ich geh mit dir durch dick und dünn und achte darauf, dass du dich auf keinen Fall blessierst.

Man könnte meinen, dass Ich nur für dich zu sorgen hätte in den Universenweiten, die Mir zur gefälligen Verfügung stehn.

Ich behaupte nichts, was Ich nicht haargenau ermittelt und begriffen habe. Das macht Mich glaubhaft, fehlerfrei und ingeniös. Was du begründest, gründet oft auf purem Sand und kann leicht weggeschwemmt und fortgeblasen werden.

Meine Fliesen bleiben immer blank und schön, so lässt sich froh und unbeschwert darübergehn.

Errungenschaften haben die Tendenz, sich zu vermehren und sich breit zu machen in der Erde willigem Schoss. Du brauchst sie nur zu pflegen und ihr Wachstum zu erleben, mütterlicher- oder väterlicherseits im Unermesslichen.

4.14

Klar bist du imstande dich zu sein auch unter Meiner markigen Regie. Du sollst dein lichtumflossnes Dasein regelrecht geniessen, so, wie Ich es seit Unendlichkeiten vorgesehen habe.

Nehm Ich deine Huldigung entgegen, so ist das inbegriffen in den Plänen, die Ich laufend für dich hege. Was Mir gelegen kommt, soll auch dir zupass sein in der Führung deiner Angelegenheiten und soll dir und deinem Hof zu Ruhm und Ehre, wie zum angemessnen Seelenheil gereichen.

Verhältst du dich ruhig dabei, kann Ich dir obendrein ein angemessen Teil von Meinem Renommee in Sachen Wohlanständigkeit verschenken, die Mir so am Herzen liegt.

Hast du Lust, etwas Gehöriges zum Ganzen beizutragen, kann Ich dir genügend Anhaltspunkte bieten, die zu allseits anerkannten Resultaten führen.

Du erscheinst dann vielen als Genie, derweil *Ich* es Bin, der alle überragt mit Meinem ausgezeichneten Benehmen.

Wurmt dich etwas, kann Ich dir ein Mittel dafür geben, dessen Wirkung alles übertrifft, was du bisher an dir erfahren.

Soll es auch künftig mit dir aufwärts gehn, so kräftige Ich deine Seele mit bedacht und gutem Willen, dass sie weiter siegreich kämpfen kann in ihrem Seinsrevier.

Zu deiner Güte will Ich laufend von der Meinen ein Erkleckliches addieren, dass sie wahrhaft glänzt im Lande und für viele ein Symbol ist der Wahrhaftigkeit am Sein und Leben.

Du springst Mir nicht davon, kann Ich dir ohne weiteres glaubhaft machen, indem Ich dich bewusst am Bändel halte Meiner gottesgnädigen Bravour.

Ich überzeuge dich von dem, was Ich schon längst mit Vehemenz und Wohlgefallen vor die Wesenswwelt getragen habe.

Du kannst nur staunen, was es alles von Mir gibt und kannst es akzeptieren, aktualisieren oder auch im Sand verlaufen lassen, je nach deinem Hang dazu. Bist du so, wie Ich es jederzeit für richtig halte, lass Ich dich getrost gewähren. Andrerseits gebiet Ich dir gebührend Einhalt, bis du einsiehst, dass es so nicht geht und du dich ärdern musst im Nu.

Ich kann es kaum erwarten, bis du wie ein Cherub vor Mir stehst, mit allen Wassern abgewaschen und mit einem Duft versehn, der dich allseits beliebt und angesehen macht in deinem Dich-korrekt-Verhalten.

Ich wende Mich dir zu im Mass der Einsicht, die du pflegst, in Sachen Seinsgewissheit und Erhabenheit, Verbundenheit und Strahlkraft mit der Meinen.

4.15

Was sollst du von Mir denken, um getrost zu sein und zukunftsgläubig und für Mir entschieden? Dass Ich alles weiss, was dich betrifft und dass Ich dir in jeder Hinsicht optimal zu helfen suche.

Ich mache Mich recht rar im Bürgersinne, hingegen Bin Ich für dein Sinnen, Meiner Art gemäss, zu jeder Zeit zu haben.

Schwillst du vor Freude mächtig an, so ist es Meinetwegen, dessen Gegenwart du in dir traut und liebevoll verspürst.

Wenn es sich um Mich und Meine Güter handelt , darfst du immer zu Mir kommen, um sie schauend zu geniessen her und hin.

Letztlich ist Mir nichts zu viel, um dir dazu zu verhelfen nah und näher an Mein Sein heranzukommen, bis zum innigen Vereinen.

Was bei Mir besonders zählt, sind die Werke der barmherzigen Liebe, die du laufend Mir zu Ehren inszenierst.

Ich will deine Karten nie behindern. Wenn sie jedoch Meinem Sinn entgegenlaufen, geb Ich dir ein Zeichen Meiner Unlust, sie zu akzeptieren.

Meistens Bin Ich sehr dazu geneigt zu schweigen vor dem Missmut, der dich dann bewegt, doch in Mein Herz geschlossen bist du trotzdem.

Friedensreich Bin Ich für dich zu haben, wenn du Mir zuerst die Ehre gibst und Mir kundtust, das du Mich trotz allem liebst.

Mir ist es ungemein daran gelegen, dass dir Wohlfahrt widerfährt trotz deinen vielen Unzulänglichkeiten.

So, wie *Ich* es meine, wird schlussendlich alles sich zu deinem Vorteil, wie zu deiner Gunst, erweisen.

Ich halte Mich bereit, intens und tüchtig für dich da zu sein und vor aller Welt zu dir zu stehn trotz deiner Mangelhaftigkeiten.

Ich weise dich zurecht, wo immer du dich linkisch aufführst vor des Lebens Tribunal.

Bald wird es dir so scheinen, als ob du Meine Absicht kenntest hier, wie in den Himmeln über dir und deinem liebevollen und bewussten Wohlverhalten. So sei es dir mit Mir aufs Innigste gewährt.

4.16

Willst du dich im allgemeinen Tief sowie im Tiefen allgemein verhalten, lohnt es sich nicht für dich. Die Neider schneiden es dir wieder ab und lassen dich im Regen barhaupt stehn.

Es ist nicht klug, den Cleveren zu spielen, weil dir die Mittel dazu merklich schwinden wenn der Nachschub Meinerseits stagniert.

Merkst du, was Ich meine, öffnet sich für dich ein weites Feld für neue Taten und du bist saniert in *Meinem* Rang und Namen.

Deine Werte zählen minimal, wenn Ich beginne Meine zuzufügen, dass es nur so klimpert, funkelt und verwirrt in deinem aufgerissnen Busen.

Ich stelle ständig dar, was du auch darzustellen fähig bist, wenn Ich dich zu den adäquaten Quellen führe. Dort strömt dir Weisheit, Willenskraft und

Wackerkeit entgegen, die dir von bestem Nutzen sind in deiner nebulösen Seinskarriere.

Für zwei mag dir der Vorrat noch genügen, für zwanzig jedoch wird er baldigst alle sein, wenn Ich ihn nicht mit Meinen Kräften kräftig reguliere.

Wähnst du dich sicher, so kann dies nur mit Meinem Rückhalt, Prestige und Motiv für Dauerhaftigkeit geschehn. Deine Festigkeit nimmt zu von Tag zu Tagen und kennt kein Vergilben, selbst, wenn deine Zeiten noch so herbstlich werden.

Ich schraube auf und drehe wieder zu je nach Belieben, so wie sich di Dinge eben starken Willens oder zimperlich bewegen.

Mein Begründen gründet auf enormer Seinserfahrenheit und kann von dir beliebig abgeschöpft und in dein Budget eingebaut und eingeschrieben werden.

Immer, wenn es sich um etwas handelt, handelt es sich sowohl um dein Wesen, wie das Meine, in des Alls unendlich vielverschlungenen Strukturen.

Du glaubst, es selbst zu tun, derweil Ich jederzeit den Löwenanteil an ihm habe.

Meine Kelche klingen glockenrein, derweil die deinen noch viel Brüchiges und Widerspenstiges verkünden. Ich baue auf und setze die Erfahrung ein von Myriaden, die dir noch unverständig bleiben, bis du endlich Meinem Wesen vollends eingemittet bist im Widerhall und Seneschall der Lebenszeiten.

5

Eine Umkehr ohnegleichen

5.1

Was sollst du noch vor Meinem Angesicht vollbringen? Eine Umkehr ohnegleichen, die dich ungesäumt zu Mir in die Dominien der Freiheit und des Frohsinns führt.

Das bewirkt in dir ein glorioses Aufblühn und Erholen, von dem du dich gefestigt von enormem Ausmass siehst und von bedingungslosem Kraft-verteilen Meinerseits an dich und deine Lieben.

Weit und nah sind für dich zwei verschiedene Begriffe, für Mich jedoch nur einer, der sich im Unendlichen erfüllt in der gottseligen Seinspräsenz, die alle Wesen in sich tragen.

Fühlst du dich in Mir, so kann es für dich nichts anderes mehr geben. Du bist vereint mit allem und siehst dich jederzeit von oben wie von unten an als Nonplusultra aller Definitionen.

Ich verweise auf das Sinnbild, das da heisst: Alles ist von Mir umfangen und in allem Bin Ich die Präsenz des Lebens an sich, was auch dich betrifft in stufenweisen Meistergraden.

Willst du Mir erklären, wer du Bist, kommst du nicht eben weit, wenn Ich dir nicht das Passwort dazu übergebe.

Mit diesem jedoch, das da heisst: Ich Bin des Weltengeistes Sein und Strahlen, kannst du dich in jedem Fall aufs Tunlichste behaupten und zu Recht verstehn.

Fällt es dir ein, auf andre als die Meine Art zu punkten, triffst du meist daneben und hältst dich strikt an etwas, was du gar nicht Bist in deinem Dich-Erleben.

Somit geht es um die einzige Remedur, die dir noch helfen kann, dass du Einsicht generierst in Meine Gründe, die von Generosität und Dehnbarkeit, Gravität und Märchenhaftigkeit was Ewiggültiges zu bieten haben.

Ich trenne Mich niemals von dem, was Ich geschaffen und ins Leben eingebettet habe. In Mir soll es erblühn und Seinsbeständigkeit erhalten von der Art wie sie die Götter intus haben. Das macht Sinn und regt dein Sinnen über Welt und Wirtschaft mächtig an, um es schlussends zu Mir und Meinem gloriosen Allbedeuten hinzuführen.

5.2

Ich generiere, was Mir von oben zukommt und was im Bereich der Kampfkraft Meiner Seele liegt im Wunderbaren. Was Ich so weiss genügt für viele segensreiche Applikationen, die die Welt verändern und aufs Trefflichste veredeln solllen.

Nun ist es auch in deine Hand gegeben so zu wirken, dass daraus ein Vorteilhaftes und Gediegenes ersteht im Umkreis deiner fulminanten und verehrenswerten Meistertaten.

Wie kannst du da noch zögern zuzugreifen und dem Weltensein das Deine zuzufügen mit erstaunlicher Rendite und überragender Gewähr für gute Sitten und beseligende Interventionen.

Was von deiner Seite eintrifft hat gerade noch gefehlt. Es muss jedoch mit grosser Sorgfalt noch sortiert und die Spreu vom Weizen ausgeschieden werden.

Gefällt dir das, muss Ich nicht weiterhin um deine Zukunft bangen und an jedem deiner Worte hangen, um ihm seine Schärfe und Verwundbarkeit zu nehmen.

Es verläuft dann alles, wie von Mir gewünscht, in auserlesner Harmonie und wunderbar gestaltetem und approbierten Frieden.

So Bin Ich vom Gelingen überzeugt das gleichermassen in der Luft liegt, wie in den verehrenswerten Herzen, die nichts weiter als das Gute wollen und zutiefst ersehnen.

Ich billige Mir selber zu, noch alles zu ergänzen, was der Besserung bedarf und was auf keinen Fall vergessen werden darf im grossen Ganzen, wie in der bis aufs Geringste aufgeschlossenen Struktur.

Alles was Mir recht und würdig ist, soll auch dir ins Gefüge deiner Absicht passen, aufzubauen, was schon längst zurecht bestellt und Aufrichtfeste zu bestreiten, wo Vollendetes und noch nie Dagewesenes entstanden ist.

Ich kann es nie genug betonen, dass in Mir wie dir noch soviel Kräftiges und Prächtiges verborgen liegt, dass sich noch Jahrhunderte gefügig aneinanderreihen müssen, um es zu verwirklichen und vor den Glanz der Sonne hinzustellen.

Ich schreite würdig, wie ein dekorierter General-major, vor Meinen Truppen her und hin und ermahne sie für das, was sie beginnen und vollenden sollen so und so im kosmischen Gefüge. Durch sie nimmt alles Form und Farbe an, was Ich noch intendierte und was Erhabenheit gebären soll im Lichtglanz Meiner Universen.

5.3

Willst du das Hohe mit dem Niederen vergleichen, geh in dich und schaue nach was du dort findest an Geselligkeit und Liebenswürdigkeit mit ihm.

Es Ist die Grazie des Himmels, die dich mild umfängt und dir Gelegenheit verschafft dich frei und frohgemut zu fühlen.

Es erfordert Mut, dich dem Unendlichen so sehr dahinzugeben, dass es dich in wunderbar gesitteter Manier ergreifen kann, um dich umzuwandeln in ein Wesen reiner Geistigkeit und Himmelsharmonie.

Dein Schweigen ehrt Mich und lässt Mich offen sein dir gegenüber in einem Mass das hoch beglückt und deine Züge lächeln lässt intim.

Du bist gefeit vor Neid und Nachtrag deiner ungefügen Taten und darfst dich in dem Guten sonnen, das sich warm und innig um dich wie in dir verbreitet.

Ich spende Licht, damit du nicht durch's Finstre tappen musst, das sich allüberall verbreiten will im Reich des Ungenügens an der Welt und ihrem Über-dich-Verfügen.

Von dir hängt es schlussendlich ab, wer über dich gebietet, du oder Andersartige, die sich an dir vertun und mästen wollen.

Willst du sie in Meines Namens Servitut haushoch besiegen, dann lass Mich vor dir hergehn mit den Pfeilen der Vernunft und Geistigkeit im Leben.

Ich gebiete wem du felsenfest gebieten willst und falle über jeden her, der sich anmasst, dich überfallen und schädigen zu wollen.

Konstruktives Ist Mir freundlich sowie Konsequentes in der Art und Weise wie es Götter immer schon gewollt und eingefordert haben. Das schafft Klarheit des Gewissens und Verklärung jener Ideale, die sich manifest auf Mich beziehn.

Ohne deine Würde anzutasten, muss Ich doch von dir verlangen, dass du dich Mir gegenüber ehrfürchtig und devot benimmst, damit Ich dich nicht schelten muss im alltäglichen Gehaben.

Auch du sollst, was nicht Meiner würdig ist, weit weg von deiner Stätte weisen und dich hüten, auch nur an es zu denken in deinem geistgesättigten Revier.

Tue was du willst, doch vollbringe es in Mir.

5.4

Was alles willst du unternehmen, um dich fit zu halten in Bezug auf geisteswirkliche Belange und entsprechende Beförderungen. Nach Meiner Ansicht herrschen dort die wirklich guten Sitten, wo sich die Symbole Meinerseits gebührend durchgesetzt und eingebürgert haben.

Wie lässest du dich an, wenn deine Träume nach Verwirklichung verlangen und dein Herzensstreben nach Erfüllung her und hin.

Dein Fortschritt gleicht sich Meinem mählich an und ist in vieler Hinsicht nicht mehr von dem Meinigen zu unterscheiden. Das ergibt ein Bild von wunderbarer Einigkeit im Werden wie im Sein, vom Glück dabei will gerade jetzt nicht reden.

Was glaubst du, dass Ich nächstens unternehme? Es ist ein Drang in Mir, gerade, was Ich Bin, auf dich zu übertragen und dir so die Gnade zu gewähren genial und unaussprechlich weise zu agieren in den Sparten deines Dich-Betätigens in deiner Welt nach eigenem Belieben.

Kommst du mit dir selbst zurecht, muss auch Ich in Meinem Dasein nicht verkommen und kann dir damit eine Stütze sein in gegenseitiger Manier.

Ich treffe dich in steter Heiterkeit und Wohlgelauntheit an auf Meinen Gängen durch das Zeitliche und malerische Leben,

Im Auf- und Abschwung der Gezeiten konstatiere Ich das Wechselbad, in dem sich alle Seienden, Saloppen, Sehnsüchtigen und Widerspenstigen bewegen müssen.

Mein ist die Sicherheit, mit der Ich immerzu agiere und dein der Wille es Mir gleich zu tun je nach Bedarf und Schicklichkeit im Weltrumoren.

Pflegst du zu laufen springe Ich dir laufend nach und überhole dich sogar sowie es heimwärts geht, so wie die Hündchen an der Leine ihren Meister heimwärts lotsen.

Das Leben lebt sich selbst, sodass Ich dazu eigentlich nichts mehr zu sagen brauche, es sei denn, dass Ich selber in es tauche, um die Richtung anzuregen, in die es sich bewegen soll, natürlich und gekonnt in jeder Hinsicht seines Sich-Vergebens.

Zählst du auf zwanzig, hab Ich derweil schon die Tausende erreicht, weil Meine Raschheit so geschickt und stetig durch die Zeiten rasselt, dass die Wesen alle nur so staunen und berührt sind, innig, seinsbeglückend, elitär.

5.5

Machst du dich rar, so weiss Ich ein probates Mittelchen dagegen. Ich bombardiere dich mit Briefen aller Art, die unverzüglich zu erwidern sind und die dich unweigerlich an die Gesellschaft binden, in welcher du dein Dasein fristest und als lebenswert erlebst.

Noch jeder, der die irdischen Verhältnisse zutiefst bedacht hat, sollte die herrschenden Mängel zu beheben suchen und damit dem Frieden Vorschub leisten auf dem so zerstrittenen Planeten.

Ruft der Herr, so hast du ihm zu folgen, unverzüglich in der Gangart, die *Er* einhält, nicht der Deinen.

Du verwertest jeden Seinsimpuls, den Ich dir zugestehe, mit besonderer Sorgfalt, Akribie und gewiss auch leiser Melancholie, weil es dir noch nicht gelang ihn vollends auszunützen.

Kannst du Mich begreifen, greifst du mit Erfolg in die Unendlichkeit der Sphären und darfst dich als ein Meister über dich und deine Weltenschau verstehn.

Ich kündige dir an, was du schon lange wissen solltest über jene Art, wie Ich agiere und aus allem, was da *ist*, den allergrössten Nutzen zieh.

Geschwind ins Bauhaus zieh Ich dich hinein und belehre dich darin, wie man die Formen der Natur am würdigsten und edelsten ins Reich des Wohnens integriert, damit sie dort den Menschengeist an Mich und Meine stete Gegenwart erinnern.

Meine Flüsse sind dazu bestimmt, wie Meine Füsse, niemals leer zu laufen damit der Gang in Meine Mitte wohlgelingt im Andersartigen.

Kannst du verzichten, sieh schon, was dafür Erbauliches und höchst Beschauliches daherkommt in der Windeseile, die ihm eigen.

Tu zuerst, was wesentlich vor deinen Füssen liegt und scheu dich nie davor, dich zu ihm hin zu bücken, wenn es doch dem Ganzen bestens dient in deinem, wie in Meinem, Seinsgestalten.

Wie erholst du dich von deinen wunderbar geschätzten Siegestaten? Indem du dir's in Meinem Schoss bequem machst für die Zeit der Rekreation und der Erholung deiner Kräfte für das nächste Unternehmen im Allhier.

Sowie du neu beginnst, ist dir Mein helfendes Gemüt gesichert, wie auch Meiner Hände Zoll am grandiosem Werk, das wir schlussendlich zu verfolgen haben.

Wir fügen uns damit ins Ganze ein, wie in den Bau unendlicher Brillanz und Auserlesenheit, dem alle lichterfüllten Geister unbedingt zu huldigen haben.

5.6

Bereite du den Weg des Herrn in deinen Erdentagen und lass dir's angelegen sein, sein Wort zu spüren und es strikte zu befolgen auf der Lebensbahn.

Ich schildere sie aus mit wohlbedachten Sprüchen und Verlautbarungen, die allesamt auf die Verwirklichung von deinem Wesen zielen.

Was zögerst du noch zuzugreifen und die vielen bekömmlichen Sachen einzuheimsen, die Ich dir mit Meiner Grossmut offeriere.

Legst du zu, so lege Ich noch einen drauf, damit die Dinge alle wohl gedeihen, die von uns in Gang gesetzt und bestens aufgepäppelt wurden.

Von Malheur will Ich nie reden hören, weil doch alles seinen Sinn hat in dem ungeheuren Weltgetriebe. Du brauchst dich nur ein wenig umzusehn in ihm und schon wirst du eine ungeheure Vielfalt konstatieren, die dir das Staunen beibringt, wie das Resümieren, was für dich hier noch zu tun sei in den seinserfüllten Niederungen.

Wärmst du dich auf so reibe Ich mit dir die Hände und lass des Feuers Gluten in dich strömen. Für jeden Mangel finde Ich ein Mittel, ihn zügig zu beheben und an seine Stelle Zuversicht und Fülle, Wohlverstand und Grazie des Herrn zu setzen.

Kennst du das Lied: „Wenn ich ein Vöglein wär", so kannst du es dazu benützen, deine Stellung gegenüber Mir entscheidend zu verbessern und dich damit unverzüglich, unermüdlich und im Seinsgewissen Meiner Nähe zu versehn.

Wo immer du behelligt wirst vom Leben, helle Ich es auf und mache dir bewusst, wieviel du noch erreichen kannst mit Meiner Hilfe, wie mit Meinem fulminanten Seinsgenügen.

Ich gestehe dir, du kannst, wie sonst auf nichts, auf Meine guten Worte zählen und sie zu deinem eminenten Vorteil nutzen in der Tat. Das macht aus dir ein Individuum von unbeugsamer Stärke jedem Angriff gegenüber, wie von absoluter Klarheit in der Diktion.

Du bist ein Reüssierter und Gewappneter geworden auf der Walstatt des alltäglichen Gewimmels und Gebimmels um dich her. Deine Schritte sind ein wohlbedachtes Schreiten durch die Zeit und deine Wohlfahrt hängt an Mir und Meinen mannigfachen Wundergaben.

Dem Unendlichen geöffnet gibst du dich Mir hin und erlebst die Freuden und Manierlichkeiten des Elysiums.

5.7
Ein Pater Noster für den König dürfte hier am Platz sein, weil er sich zurückgezogen hat, wer weiss wohin. Wer weise ist, hat sich bei Meinen Räten umgesehn und setzt sich nun in Szene überall wo's brennt in Meinem benedeiten Namen.

Ich habe Worte für alles was dafür und was dagegen ist und wo es brenzlig wird im Staate Dänemark. Ungern hau Ich auf die Pauke, aber, wenn es sein muss, wie ein Berserker brutal.

Gesteh Mir deine Wünsche und Ich löse sie dir auf, damit du endlich die Erlösung findest in erwartungsvoller Ruh. Noch treibt dich vieles um, was deine Seele strapaziert, doch was Ich mit dir treibe führt dazu, dass sie am Ende strahlt vor Glück, das Ich ihr liebevoll beschere.

Es kann ja nur so sein, dass Ich Empfindungen verteile von Geborgenheit und Sicherheit im Sein, von dem die Wesen alle zehren und das sie selber sind im Mass der höheren Erkenntnis, die sie ständig pflegen.

Ich warne dich vor Übermut in deinem Streben und fordere dich zugleich auf, voll Mut in eine Zukunft von bewusstem und beglückendem Agieren einzugehn.

Was immer du versuchst, wird dir aufs Beste dann gelingen und was dir gelingt wird helle Freude in dir evozieren.

War früher vieles an dir mager, ist es nun wohlbeleibt und darf sich rühmen, von einem Gott begabt zu sein und ausgerüstet mit Ressourcen der unendlichen Natur.

Ich stelle fest, dass für dich alles wie nach Plan verläuft und deine Züge Meinen mehr und mehr top ähnlich werden.

In dieser Perspektive kannst du tun und ruhn zugleich, weil es in Meiner Hut und Hemisphäre, Meinem Edelmut, wie Meiner Lauterkeit geschieht.

Das Ausserordentliche ordne Ich an rechter Stelle für dich ein, um deinen Wandel regelrecht nach Meinem Sinn und Geist zu führen. Ich tauche ein und lasse Meine Hände wie von Honig triefen, um dich auf jede noch so delikate Weise zu beschenken mit dem Nektar Meiner Ruh.

Ich weise dir die Früchte Meines Allerbarmens zu und lasse dich in ihrem Duft aufs köstlichste genesen.

5.8
Viele wollen es wissen, wenigen ist es gelungen, dem Geheimnis ihres Seiens auf den Grund zu kommen.

Und Ich sage dir, beginne nur zu fragen: Bin Ich? Und mag auch die Antwort lauten: Ja, Ich Bin, so hilft sie dir nicht weiter, als bis zur nächsten Frage: Was du denn seiest in des Weltenseins Erscheinungen, Begriffen und gelehrten Definitionen.

Eine Schlange schlängelt sich heran, wohl als Symbol für das, was hier geschieht mal so mal so, und keinem wird es klar, was damit wohl gemeint ist im gewählten Disputieren.

Bekennst du dich zur einen Art des Existierens, stehst du zur andern schief und bist du zur anderen geneigt, musst du die erste schmählich fahren lassen. So bildest du dir besser gar nichts ein und lässt dich nimmer katalogisieren.

Dein Gewicht beruht auf dem, was man nicht messen kann und deine Zierde ist das Unermessliche, das dich beseelt und dem du alles schuldest, was du Bist und was seit eh und je in dich gefahren.

„Stets voran" ist die Devise, die Ich Mir aufs Vorhaupt sticheln liess. Das ist Mir Beweis genug dafür, dass Ich etwas kann und dass die Könner hinter Mir beständig und apart den raschen Sieg bewirken.

Ich zähle aus und lasse viele Ausgenockte vor Mir liegen. Dann schreite Ich von dannen mit dem Lorbeerkranz im Haar.

Allmählich werde Ich gewahr, wieviel Ich kann und was Mir noch verwehrt ist wegen Meinem Ungenügen.

Da schreitet ein noch Höheres ein und lässt für Mich die Fäuste fliegen und obsiegen wo es gilt, die Oberhand im Haupte wie im Herzen zu bewahren.

Ich trenne und verbinde anders wieder, damit der Fortschritt ungehemmt vonstatten gehen kann in Meines Alls unendlich aufgemachten Präsentationen.

Das steigert sich in nie gekanntem Ausmass bis zur vollen Blüte seines eigenartigen Verhaltens und lässt nicht locker, bis Vollendetes erreicht ist in den sagenhaften Geisteshöhn, die Mir zu eigen.

Ich stelle fest, dass du kapierst worum es geht und wie es um dich steht im Glanz wie in der Pracht und Wohlfahrt Meiner universenweiten Liebesgärten.

5.9

Gewinnen sollst du Mein Vermögen gut zu sein und sollst alles daran setzen, Friedefertigkeit und Harmonie, Wohlwollen und Geduld in eine Welt des Unheils und des Haders zu versetzen.

Das Arge verschwindet und an seine Stelle tritt Vertrauen in die Kraft der göttlichen Gebilde, die das Mal der Unversehrtheit an sich tragen.

Ich liebe Kuriositäten, weil sie den Blick aufs Ganze ungemein bereichern und beseelen können.

Bist du deiner selbst bewusst, geschieht das Wunder der Erlösung von dem Weltenweh, in das du dich verstrickt hast ohne nach dem Wie zu fragen. Das Mögliche ist damit aufs erspriesslichste getan und was unmöglich scheint, wird diesem baldigst folgen.

Ich öffne dir den Kennerblick auf was zu tun *ist*, um den Zustand der gottseligen Beschauung zu erlangen. Das wird dann wie ein Fest begangen der Holdseligkeit am Sein und Dich-in-ihm-aufs-Trefflichste-Erleben. Deine Kräfte sind gestählt und du bist auserwählt zu dem, was du schon Bist, Erkennen und Beglaubigen hinzuzufügen.

Ich warte auf mit Dienstbarkeiten, die so köstlich sind, dass du darob beinah vergehst in Freuden und Beglückungen am Sein und Leben.

Meine Züge sind dir nah und fern zugleich und lassen sich beliebig variieren. Dein Bewusstsein ändert sich von Mal zu Mal indem du Mir begegnest als dem Nonplusultra aller Weltendinge, wie dem

Schall manierlich aufgemachter Melodien, die dem Herzen Wohlgemutheit und Relieve bereiten.

Traust du dir was Neues zu, so kann Ich dich damit beliebig oft und lang bedienen. Nie Geschautes und Erlebtes ist besonders dazu angetan, deinem Leben Attraktivität und schiere Wohlgemutheit zu verleihen.

Ich werte damit auf, was du bereits an Kostbarkeit und Kühnheit akquiriert hast und vermehre ständig Meiner guten Gaben Fülle an dein gottbegnadetes und auserwähltes Wesen.

Mein Klang ist Klang von ewigem Bedeuten und Meine Saiten sind apart für dein Gehör gespannt, um seinem Lauschen Wohlgeläute zu bereiten.

So klingt und singt in dir das Ewige in unermesslichem Dich-mit-Holdseligkeit-Bereichern.

5.10

Mitteilsam im Sinn der göttlichen Entschiedenheit Bin Ich geworden, um dich mit allem zu belehren und beehren, wessen Ich dich würdig halte im Allhier.

Du brauchst nicht zu werten, was Ich dir zur Kenntnis bringe, weil alles pure Wahrheit ist, bar jeden Schwenkers hin zum Fabulieren.

Meine Rechte weiss noch allerbestens, was die Linke tut und was ihr Handwerk ist im Unsichtbaren. Verlässest du dich auf Mein Können, kann dir nichts Verderbliches geschehn und du wirst des Lobes voll sein eingebettet in die Geistessphären.

Mein Bekenntnis beruht auf der Kenntnis der Welt, wie sie *ist*, in den Höhen Meiner Meistersphären.

Getraust du dich, Mir anzuhangen, verleihe Ich dir ohne weiteres Mein Jawort, damit du Sicherheit verspürst und liebevolle Anteilnahme an dem Schicksal deiner Züge.

Ich finde es erbaulich, wenn du dich konkret auf Meine Seite schlägst und dich nicht beirren lässt von des Lebens dich umzingelnden und züngelnden Perversionen

Ich allein kann dir den Herzenswohlstand und die Ergriffenheit bereiten, die für dich prägend sind, um jene Ziele zu erreichen, die Ich zu deinem Heil vor dich gesetzt und angeordnet habe.

Dein guter Wille öffnet dir so etwas wie ein gängiges Portal, durch das du Meines Reiches Wohlgefälligkeit betreten und bewohnen kannst für unermessne Zeiten.

Alles grünt und blüht vor deinen Augen in neu erstandener Manier und lässt dich jauchzend Weg und Steg beschreiten. Zahllos sind die Wesen, die dir Achtung, Freundschaft und Verbindlichkeit entgegenbringen und dir zur Gemeinschaft gratulieren, in die du dich voll Hoffnung eingebracht.

Notabene kann Ich dir versichern, dass Ich nach wie vor als Wächter hinter allem steh, was mit dir geschieht und was durch dich gefördert wird mit unendlichem Begaben.

Als Vater aller Dinge ist es Mir wie nichts daran gelegen, auch für dich das Beste und

Beglückendste zu tun damit dein Menschentum den Sinn erhält, den Ich dafür voll Sorgfalt auserlesen.

Ich bürge unaufhörlich für Gerechtigkeit und allgemeinen Frieden.

5.11

Wohlan, es treffen sich die Geister, um die Weltenlage zu erörtern und auf alle Fälle massvoll auf sie einzugehn.

Nicht beliebig ist, was sie dabei bestimmen, sondern recht konkret, und die Angesprochnen müssen sich gefügig daran halten, damit sie nicht ins Irre fallen.

Ich wundere Mich nicht mehr über die enormen Varianten, mit denen sich die Schläulinge die Hälse aus den Schlingen ziehen wollen. Eigentlich gelingt es ihnen nie, nur wenn sie zeitig Einsicht zeigen schütte Ich Erbarmen über sie und lasse sie in Frieden fürbass laufen.

Was dich betrifft, kannst du gewiss sein, dass auch dir Gerechtigkeit und sinngemässes Handeln widerfährt, wenn du nur willst auf Meiner Linie und Lasur agieren.

An Meine Pflicht bist du gebunden all so lange, bis du sie gebührend einhältst. Dann kannst du selber über dich verfügen, dir und der Welt zum veritablen Wohl.

Ich schaue zu und merke Mir die Situationen, an denen Ich gebührend einzugreifen und zu korrigieren habe. Das geschieht mit Akribie und wundertätiger Geschicklichkeit im Rahmen des geforderten Elans. Meiner Treue kannst du nicht entgehn, weil sie sich im selben Mass auf dich wie Mich bezieht und Ich somit im eigenen Interesse handle.

Wählst du den Frieden, so kann dich baldigst nichts mehr quälen in des Seelenseins Manufaktur. Du Bist gefeit vor hinterhältigen Attacken und gehst als Sieger aus der Schlacht hervor.

Ich nenne dich Prophet und so die Leute um dich her sowie du anfängst, Meinen Worten lautstark vollen Raum zu geben. Das festigt deine Stellung, wie dein Renommee, im Leben und lässt dich in ihm selig und gewandt, agil und sicher sein dafür.

Willig ist dein Herz geworden und begierig nach dem Soll, das es in Meinem Sinn und Auftrag regelrecht erfüllen will, vornehmlich in den Krisenzeiten.

Wandelst du, so wandelst du am sichersten in Mir und Meinen überragenden und klingenden Holdseligkeiten.

5.12
Harrst du der Dinge die da kommen sollen, harre Ich mit dir, damit Mir nichts entgeht, was dich betrüben könnte oder gar betrügen.

Ich Bin der Meister des Die-Welt-Umkreisens und achte streng darauf, dass Ich alles in den Griff bekomme, was da brach liegt oder sich beinah zu Tode hetzt in seinem fulminanten Drängen.

Mir ist stets daran gelegen Ordnung zu bewirken, wo das Chaos herrscht und Zwielichtiges mit dem

Strahl der Güte zu erhellen, der von Mir ausgeht immerdar.

Ich bringe gern zur Geltung, was Ich an Mir habe und lade dich gefälligst dazu ein, dir selber Geltung zu verschaffen, indem du alles, was du Bist, auf Mich zurückführst im unendlichen Betrieb.

Wo immer du dich abmühst, ist es doch der Mühe wert, dich zu begleiten und dir viele gute Dinge zu bereiten, die dein Tun erfolgreich machen dort und hier.

Ich heilige dein Leben in dem Mass, wie es dir genauso heilig ist in deinem Seinsgefühl.

Auf vielen sinuösen Spuren hast du dich bisher näher zu Mir hinbewegt, doch künftig sollst du nur auf einer, der Geraden, geradewegs zu Mir gelangen, derweil sich alle Weltendinge als konfus und die göttlichen als mit Mir fusioniert erweisen.

Bevor du dich zu Ruhe legst, sollst du peinlich darauf achten, dass dein Lager mollig ist und wollig, damit du selbst an schlummerlosen Nächten dein Gefallen findest im bedächtigen Philosophieren.

Du windest dich an Mir heran, wie sich die Schlangen um die Bäume winden, um selbst die höchst gelegnen Früchte zu erreichen und genüsslich zu verzehren.

Jeder Hemmnis bar geleite Ich dich in die Hallen Meiner seinsbewussten Gegenwart und halte dich voll Inbrunst dazu an, dir ebenfalls Bewusstheit und Begeisterung am Sein und Sinnen zu erringen.

Das führt dann dazu, dass du begreifst, was vorgeht in den Welten Meiner kosmischen Beschaulichkeit, was dir wohl ansteht als Berechtigter der Himmelssphären.

Ich schlage vor, dass du mit Mir den Takt schlägst zum Gelingen aller wohlbedachten Unternehmungen, die dich zur seligen Vollendung deines Daseins führen.

5.13
Was alles willst du Mir beweisen, wo Ich doch allein der Wissende und Weise Bin im ganzen kosmischen Gefüge.

Was dich umflort, ist schon längst minutiöserweise in Mein Herz geschrieben und kann weder ausgelöscht noch grundlos abgeändert werden.

Du weisst es nicht und könntest es doch spüren: Das unaufhörliche Vibrieren, das Mein Universum wie das Deine aufrecht hält in grandios bemessenen Bezügen.

Ich schaue hin und baue weiter am gigant`schen Weltenwerk, das Ich inauguriert und bis zuletzt verfeinert habe.

Dabei wirkt Mein Wille in zahllosen Heroen, die neue Werte schaffen und das Land bebauen, das Ich ihnen zu Verfügung halte.

Nun greif auch du nur wacker zu, wenn Ich dich heisse zuzugreifen und dir unermesslichen Erfolg verheisse, alleweil in Mir.

Es ist kein Spass, der dich beseelt, wenn Ich dich zu Mir rufe, um dir Unerhörtes zu besagen.

Du wirst weise und gewandt davon und darfst dich rühmen, als ein Hero der Beschaulichkeit und Gotteswürde dazustehn.

Ich will mit dir dasselbe, was Ich für Mich werden will: Ein grandioses Spiel lebendigen Werdens und Vergehns in abermillionen Jahren. Die Gezeiten wallen auf und fluten sanfte nieder und bewirken, was da kommt, an Novitäten wie an partnerschaftlichen Bezügen rund um den Kosmos, den Ich seit eh und je verwalte und in wohlbedachten Geisteshänden halte.

Mir fällt auf und ein, wieviel sich erschaffen und verwirklichen will in Mir und Meiner zeitgenössischen Standarte. Das bringt Probleme und zugleich deren Lösungen unvermittelt und rasant hervor und mehrt die Freude und Begeisterung, mit der sich Mein Gemüt erfüllt schon seit Äonen.

Zumindest eines sollst du tun: Mir Vertrauen felsenfest entgegenbringen auf was Ich für dich Bin und dir von Epoche zu Epoche frei heraus gewähre. Nimm es an und sehe dich beschenkt vom Weltengott behutsam und gekonnt in glückseligmachendem Gehaben.

5.14

Land in Sicht will jede Seele freudig rufen, schon bevor es ihr gelingt, festen Schritt und Tritt unter sich zu spüren. Du sollst verschiedentlich am Tag bemerken, dass du Bist und dass dein Weg direkt zu Mir ins Herz der Dinge führt im Zeiterwallen.

Sicher darfst du dich für Einen halten, der von Mir erwählt und ausgesondert worden ist, um in Friedefertigkeit und Dankbarkeit zu leben. Deine Seelenkräfte sind auf Mich gerichtet und der Ausgang wird dem Eingang gleichen in die Welt der Wohlgeborgenheit im Herzensfrieden.

Du wirst erkennen, wer du Bist in Meinem Kontext und Verfahren und weisst schon jetzt davon viel mehr als vordem in den Kindertagen.

Du malst dir aus, wie gut es deines Dasein Fülle meint mit dir und dankst dem Himmel für dein wonnevolles Dich-Erleben.

So wahr Ich dein Gebieter Bin, Bin Ich denn auch dein Knecht in jeder Hinsicht, um dich im echten Sein und Sinnkreis zu bewahren. Da stellt sich dann heraus, dass deine Kräfte Meine sind und dass dein Rufen nach Gerechtigkeit und Frieden Mir entspringt im Andersartigem, das Ich bewohne.

Wie Ich es konstatiere, könntest du noch viel gewandter und bemannter sein im Schreiten auf Mich zu, der Ich dein Ein und Alles Bin im täglich aufgebrachten Reüssieren.

So schwierig es dir scheint in Meine Höhen zu gelangen, so leichthin ist es dir von Mir bereitet, wenn du es nur tüchtig willst und willst das Sein geflissentlich umrunden.

Was Ich besonders mag, sind deine Wasser-schläge, denn sie offenbaren dir, wie das zurück-weicht was du erzwingen willst und wie das zu dir kommt, was du gestillten Sinns erwarten kannst.

Meide die Banausen, denn sie plustern auf, was nichtig ist und versuchen sich wichtig und berühmt zu machen, indem sie sich gestikulierend auf der Stelle um sich drehn.

Ich wünsche für dich Einsicht in das Wesen und den Drall der Welt und möchte dich die Tugend alleweil verwirklichen und leben sehn.

Tue das und sei gesegnet im Unendlichen von Mir und Meiner blütenreinen Engelschar.

5.15
Bereinigen, wo es nur immer möglich ist, ist Mein entscheidender Befehl an alle, die ihr Schicksal nach dem Meinen stufen.

Wer weckte dich zu Sanftmut, Heiterkeit und Frieden, wenn nicht Meines Seins urewiger Befehl. Kommt es Mir wie dir gegen, trumpfe Ich mit unverfälschter Weisheit auf, um dich grundsätzlich zu belehren und dein Dasein höchst persönlich mit dem Meinen zu beehren.

Auf diese edle Weise bahnen sich Beziehungen von Mir zu allen an, die es endlich wissen wollen, direkt von Mir wie von Meinen engsten, meisterlichen Graduanten.

Ich käme auch allein zurecht, aber Meine Wesens Züge suchen sich Gestärkte und Gestillte, die mit Mir am grandiosen Stricke ziehn, der die Welt zu dem verändert, was sie sein soll in bewunderns-werten Jahren.

Nicht nach Belieben, sondern ganz gezielt und logisch geh Ich vor, um gefährliche Passagen zu vermeiden und Mich in der sichern Mitte, vorwärts zu bewegen.

Für viele ist die Welt ein Jammertal, für Mich jedoch ein Spielball der enormen Gegensätze, die sie prägend in Bewegung halten. Mach auf und baldigst wieder zu, ist Meines Seins charakteristische Devise, damit Mir nichts entschlüpft, was Ich nur allzugern behalten möchte.

Damit du's nur weisst: Ich klage Mich nie an, weil alles, was Ich unternehme, mit besonderer Sorgfalt, Energie und Wissenschaftlichkeit geplant ist und in und ausser Mir verhält.

Mich lässt jedermann in Frieden, weil es eben gar nichts auszusetzen gibt am Reichtum Meiner Handlungen und vielbewunderten Interpretationen.

Geht es bei dir krumm, so kann es bei Mir nur in jene Richtung gehen, wo die fetten Pfründen, wie die überirdischen Verhältnisse, zutage liegen.

Das will heissen, dass Ich noch mit jedem gleichziehn und ihn danach überholen kann, in Meinem Eifer, alles zu gewinnen oder mithin zu verlieren ohne jede Scham.

Ich kel`tre Meine Weine wie es immer war und ziehe wunderbar berückende heran, die einen Duft von himmlischer Gefälligkeit verbreiten. Das ist Mein Konzept und Meine Wahrheit, niemals übertroffen.

6

Seinsglückselige Momente

6.1

Wie schon seit aller Zeit, bereite Ich dem Leben immer wieder jene Gnade, die es ungesäumt in Meinen Liebesgarten führt. Es handelt sich dabei um manche seinsglückseligen Momente, wo dem aufmerksamen Menschen etwas Überraschendes geschieht, und Überwältigendes seit geraumen Jahren.

Was Ich sichte, ist ein Heer von Kopfgängigen, die mit Gewittern von Gedänkelchen spazieren gehn. Ihnen ist zu wünschen, dass sie mehr und mehr dem Herzen zugestehn und sich mit diesem liebevoll liieren. Volle Meisterschaft in Freundlichkeit und Mitgefühl ist ihnen wohl zu gönnen.

Formidablerweise kannst du alles, was du willst, erreichen. Zwar hast du schon gründlich dafür gesorgt, dass viel gedacht und wenig geherzt wird, was zu Turbulenzen und Verwerfungen führt. Jedoch kann keine deiner Spielarten so verworren sein, dass Ich diese nicht zu entwirren vermöchte. Mit segnender Gebärde seh Ich Christus in der Allwelt weben. Willst du den Berg der sieben Stufen meistern, schicke Ich dir Meiner guten Geister Zahl, um dir gebührend beizustehn sowie um dich zu schützen und um dir zu nützen dannzumal.

Ich liebe grosse Gesten, die den kleinen auf die Beine helfen und sie nützlich machen dort und da.

Hast du je bedacht, mit welchem Eifer Ich bestrebt Bin, ausgezeichnete Gewinne zu erzielen in Sachen Bodenständigkeit und Harmonie. Was wäre ohne Mich die Welt, sie würde bersten und sie existiert nur in dem Mass in dem Ich sie zusammenhalte und ihr Leben Bin und Tatkraft, Sinn und Ziel.

Du magst noch so lange in die Irre gehn, einmal ist es dir verleidet und du wirfst dich noch so gern in Meine heilenden und hilfsbereiten Arme.

Du sollst nicht prüde sein, sowie es darum geht Mir deine Bitten vorzutragen und um damit deine wahre Grösse, deinen Aufschwung und den Zielpunkt zu erreichen.

Mein Ebenmass ergiesst sich auch auf deine Dellenlandschaft und lässt sie ebenmässig, fruchtbar und begehrenswert erscheinen. Schau dahin und sieh beglückt und wortgewandt darin Mein segenreiches Walten.

6.2
In optimalen Zeiten ziehen die Bürger den höchsten Nutzen aus ihrem Tun. Mit guten Worten kannst du viel erreichen, wenn sie nur direkt ins Herz gesprochen sind vom Ich zum Du.

Du scheinst deine Welt im Griff zu haben und greifst nur allzu oft ins Leere, weil sie, wo du hinlangst, nichts enthält, was von Bedeutung wäre.

Die Konfrontation mit dem, was um dich ist, kann dich gewaltig strapazieren, wenn du ihr nicht auslweichst und dich ihren Forderungen stellst im allgemeinen Leben.

Was sich nur bedingt vermeiden oder lösen lässt sollst du für den Moment auf sich beruhen lassen bis sich die Dinge neu formiert und eingemittet haben. Mit einem Mal erweisen sie sich als gelöst auf wunderbare Weise in und ausser dir.

Willst du beständig sein, bestehe unbedingt auf dem, was du dir vorgenommen hast und lasse dich von nichts und niemand mehr ins Bockshorn jagen.

Brauchbar muss ja alles, was dir so begegnet, sein, du hast es nur im rechten Lichte zu betrachten, um herauszufinden was und wo es nützt im Weltgeschehn.

Was immer sich um dich gruppiert hat, will dir etwas ganz Besonderes sagen. Du musst nur achtsam sein und offen, um es zu begreifen und in kluger Absicht auf Es einzugehn.

Alles was dich fordert will dich zugleich auch befördern auf dem Weg zu einem multiplexeren, bedeutenderem Dasein hier und jetzt, wie auch in künftigen Bereichen.

Glaubst du etwas Tüchtiges erreicht zu haben, ist es dir noch lange nicht gegeben, die Hände in den Schoss zu legen, denn die Welt braucht deine vielversprechende Erfahrenheit, wie deinen guten Willen, etwas, das ihr dient, zu tun.

Stets verändern sich die Situationen und du hast dich ihnen anzupassen mit Geschick und klugen Wendungen, in deiner Art und Weise mit dem Alltag umzugehn.

Ich halte dir dabei die Stange und verehre dir manch guten Rat, an den du dich vertrauensvoll und sicher halten kannst für dein beglückendes Agieren.

Du bist mit Mir verwandt und deshalb werde Ich Mich alleweil für dich verwenden, um deinem Leben Grazie und Grösse, Heiterkeit, Gediegenheit und Sanftmut zu verleihen.

6.3

Was veranlasst dich, so auszurufen, wo doch alles wunderbar für dich geregelt ist nach Strich und Faden.

Bangst du, muss Ich mit dir um die Ehre bangen, die uns in Natürlichkeit und Seelenfrische zugehört. Daraus resultiert ein besseres Verständnis der Zusammenhänge zwischen dir und Mir sowie so etwas wie ein Leuchten, das zugleich verbindet und belebt.

Was immer Ich erlebe, trage Ich dir unverblümt, wohlwollend und manierlich vor, damit es dich erhebe und du die Gelegenheit ergreifen kannst durch es ein Anderer und Besserer zu werden als du vordem warst.

Es gibt so was wie einen Kontext, der da heisst: Mir ist alles recht und gut solang es mit den Normen übereinstimmt, die Ich des Langen und des Breiten in der Welt verbreitet habe. Meine Diktionen tun dir wohl und vollenden an dir, was Ich in Meiner Hemisphäre und Betriebsamkeit schon längst vollendet habe.

Glaubst du Meinem Glauben an die Herzensgüte, die die Welt von Mir durchströmt, so kannst du durch sie wahrhaft besser und beständiger werden.

Zweifle nie an deiner Fähigkeit, geruhsam und gekonnt durch alle Troubles und Verhängnisse zu schreiten, die sich in der Lebewelt schön breit gemacht und eingerichtet haben.

Was immer du an Neuem bei mir konstatierst, kann dich alsogleich auf eine neue Fährte der Beweglichkeit und Hochgestimmtheit dirigieren. Das weitet sich zu einem Seelenfest von unerhörtem Jubel und begleitet dich durch Tür und Tor und auf dem langen, liebevollen Marsch zu Mir. Du siehst dich wie im Traum in einer neuen Wirklichkeit von unerhörtem Tagen, Tragen und Behagen, die dir ein und alles ist, sowie du dich in ihr zurechtgefunden.

Nicht mehr dein Wille will, doch will der Meine willentlich in dir. Du strebst entzückt hinein und wirst geleitet von dem Strahl, den Ich dir alleweil direkt ins Herz versende.

Kommt dir das seltsam vor, so wird es für dich bald zum täglichen Gebrauch in allen Dispositionen und Entscheidungen, die du zu treffen hast und die dich ungehemmt und wissend, weise und verständig in Mein Reich der Seinsvollendung führen. Geh mit Mir und sei und sei gesegnet alleweil in Meinem Mich-in-dir-aufs-Trefflichste-Begründen.

6.4
Deinen Zustand seh Ich Mir besonders innig an, um herauszufinden, was dir noch fehlen kann bis zum kompletten Menschen in der göttlichen Natur.

Ich Bin über jeden Zweifel hoch erhaben, dass du Mir angetraut und würdig bist dich in Meinem Milieu herzinnig zu erleben.

151

Dein Tun und Lassen koppelt sich an Meins und ist am Ende nicht mehr von ihm abzuzweigen.

Was Ich für dich empfinde ist enorm in Meiner Seele Schoss und bedeutet Wachsamkeit und Liebe über ihr. So soll es für dich ewig weitergehn in einer Kompanie von wunderbarer Einigkeit und Harmonie im Werden und Entsagen.

Künftig soll kein Tag vergehn, an dem wir nicht selbander an dem Weltenwerk beschäftigt und besorgt sind dafür, dass es wohl gedeiht und ihm kein Unheil oder Widerspruch geschieht in seinem Sein und Sich-Erleben.

Bist du aufgebacht, so weisst du plötzlich, dass es bisher alles Träume waren die dich wie nichts beschäftigten und dir als ganz real erschienen sind. Und *die* Erkenntnis macht dich froh und heitert deine Seele auf in ihren unermüdlich vor sich hin gesetzten Lebenslagen.

Derweilen Bin Ich weiterhin dein unvergängliches Idol der Stärke und Gewissenhaftigkeit, der Liebenswürdigkeit, wie des Begreifens aller Dinge in des Universums fabelhafter Präsentation.

Mich kann nichts erschüttern, wenn die Weltendinge noch so schütter und verworren sind in ihren kindlichen Bezügen.

Meine Bleibe Ist das All mit seinen sich umkreisenden und fein gefassten Funktionen. Da geschieht, was Ich schon immer wollte: Eine wundervoll gediegene Synthese zwischen allem, was da *ist* in abernillen Perioden, auferstanden zur Lebendigkeit und Wachheit heiteren Benehmens.

Ich will, dass alle streben hin zum selben Ziel, nämlich der Erkenntnis ihres Seins und Wollens, ihres Ideals und Tuns.

All das Ist Mein Credo, wie Meine Kuriosität, wie's weitergehen soll im unermesslichen Getriebe.

6.5
Nach den Jugendjahren spreche Ich dich als erwachsen an in der Hoffnung, dass du es auch bist, um Mein grandioses Werk mit Anstand, Nonchalance und Seinsgewissheit fortzuführen.

Was du errungen hast an geistiger Substanz, bleibt dir in alle Ewigkeit erhalten und du kannst von ihm zehren noch und noch, es wird dir nimmer alle werden.

Du bist in Meine Reihen eingestellt als Wächter über deine eignen Angelegenheiten, wie über die der Welt, in der du dich erwacht, umsichtig und enorm beschäftigt siehst.

Ich mache dir nichts vor, was du nicht ohne weiters Erforschen und dann akzeptieren kannst bei der Fülle deiner lebenspendenden Errungenschaften.

Bist du auch Der der du zu sein scheinst, will Ich dich füglich und vergnüglich fragen? Da gerätst du bald ins Stocken, weil noch gar vieles an dir sich in Glanz und Glorie präsentiert, derweil es null und nichts bedeuten kann in Meinen götterlichten Augen.

Im Grund genommen hast du nur dem schnurgeradem Weg zu folgen, den Ich mit Voraussicht, gutem Willen und Bewusstheit vor dir ausgebreitet habe.

Was du kennst, darin, kann dir von grossem Nutzen sein, wenn du es annimmst, wie es konzipiert und von Mir gemeint ist dir zu Ehren.

Willst du clever sein, so führe dich zuerst bescheiden vor Mir auf, damit Ich dich belehren kann und die Gescheitheit in dich einzieht von den Geisteshöhn.

Meine Weisheit ist der Deinen merklich und unmerklich überlegen und könnte dir zu einem Fallstrick werden, wenn du glaubst ihr ebenbürtig und genehm zu sein in deinem Spintisieren.

Es scheint so schwierig, mit Mir auszukommen und ist so federleicht, wenn einer sich in Demut übt und seine Stärke in der Schwäche findet, die er in sich konstatiert.

„Bewahre Mich vor allem Übel" und du hast dabei das Irdische im Sinnen. Besser ist es, an das Überirdische zu denken, wo dich vieles prüfend angeht und wo Ich dir Kraft verleihen muss, um es würdig zu bestehn. In Meiner Obhut muss dir alles, was du willst, gelingen und du darfst darob ein Loblied singen, Meiner liebevollen Güte und Gelassenheit entgegen.

6.6
Die wunderbare Esoterik dieses Ortes sollst du nicht zerstören durch Massenbesuche, Auf- und Niedertritte noch und noch. Es ist ein heiliges Gebot, dass Ruhe herrscht wo Ich auf dem Plan

erscheine und wo Meine Kräfte sich ans Publikum verstrahlen.

Was Wunder, wenn hier keine Wunder mehr geschehn, wo soviel Hast herrscht und Vergnügungssucht in einem.

Was Ich gebäre, geht aus der Herzensstille, dem Seinsvertrauen, wie dem Universenlicht hervor, in dem Ich seit Äonen Bin und wese.

Nimmst du teil an diesem gnadenvollen Seinsgeschehn, kann Ich dir versichern, dass du fortan liebevoll im Glücke schwimmst, das Ich gelind um Mich verbreite.

In diesem Keimen wirkst du grandios und wirst, von Meiner Weisheit Licht umflossen, selber weise und dem ewigen Weistum Meiner Himmel zugetan.

Ich pflanze dir holdseliges Geflüster ein von Liebe, Licht und Lauterkeit des Seinsgewissens, dem Ich glückselig fröhne.

Ziehst du mit Mir durchs Grenzenlose, beginnst du alles zu verstehn, was *ist* und sollst die Kenntnis auch verbreiten in den Räumen deiner Welt im gütestrahlenden Allhier.

Was Mich betrifft kannst du nicht anders regelrecht umschreiben als mit: Wohlbedacht und angemessen, liebevoll und wahr.

Bei Mir braucht es nicht so viel, bis neues Wissen vollends integriert ist in Mein Sosein in den Sphären, die von Licht und Menschenliebe prangen.

Komm doch in Meine Seinsgefilde und sei hinfort wunderbarerweis gerettet vor dem Mob der Süchtigen im allgemeinen Weltgeschehn.

Ich hole auf, was du versäumt und arg verbummelt hast mit deinem steten Zögern. So vieles kommt auch dir zugute, was Ich guten Muts und mit enormem Selbstvertrauen in das Sein gesät und in ihm eingerichtet habe. Es mag zuweilen etwas lahmen und stagnieren, doch im allgemeinen blüht es prächtig auf und erfreut die Völkerschaften, die ihm huldigen und es mit ihrem Dankesruf beständig und dezent vermehren.

6.7
Siehst du dich sein, so strahlen dir die Lebensflämmchen Wachheit und Glückseligkeit entgegen. Du verbandelst alles, was du weisst, mit dem verehrten Numinosen, das dich führt und dir zur Herzensfreude wird allda.

Merkst du dir die Zeiten reinen Glücks, so kannst du diese immer neu beleben mit Erinnerungen, wie mit der Vorausschau dessen, was da kommen muss unter deiner seligmachenden Regie.

Du planst und planst nur Gütevolles und Erhabenes in deinem stillen Stübchen, wie in den unermessnen Weiten deines Seinsgefühls.

Du wendest dich dir zu und weisst, dass es im Grund genommen Meine Züge sind, die in dir leuchtend auferstehn.

Bis bald, musst du nun nimmer sagen, weil du ständig Meines Adels Wirkung in dir spürst und dich von ihm.belebt, beglückt und angenommen siehst.

Du wirst dein Tagwerk auf Mich konzentriert und konzipiert beginnen und es im selben Sinn beenden, Mal für Mal.

Es strömen dir Gedanken zu von ausserordentlicher Dichte und Gediegenheit, die dir gar viel vom Wesen deiner selbst als Meins erzählen. Geschliffen ist die Sprache des Unendlichen, die sich behutsam nistet in dein Ohr und alles schlichtet was noch ungehobelt war.

Was Ich in dir bewirke ist enorm im Hinblick auf das Künftige, das dich beleben und begeistern soll von Mir.

Nun geht es mit dir weiter auf- statt abwärts und die Verkrampfungen in deinem sinnenden Gemüt beginnen sich gezielt und allgemach zu lösen.

Du begreifst, was hinter dir und allem seine Silberfäden zieht und lässt dich noch so gern von ihrem Charme und ihrer Weisheit leiten.

Was Ich dir spende, hat die Qualität des Über-sinnlichen, in dem Ich wohlgelaunt und über-glücklich wese. Das lässt dich allgemach zu einem Wesen werden, das sich so verhält, wie Ich es schon seit Anfang intendierte. Meinerseits ist nicht mehr viel an dir zu tun, weil sich das Wissen von dir selbst in einem Zustand höchster Plausibilität befindet und dein Ein und Alles ist in Mir und Meinen Myriaden Seinsgeschwistern.

6.8

„Befiehl du meine Wege", sollst du dich zu bitten angewöhnen, damit Ich dich erhören kann und dich zu führen aufgerufen bin in deinen Erdentagen.

Es dauert Mich zu konstatieren, wie wenig du noch von Mir weißt, obschon Ich schon so viel von Meinem Seinsgeheimnis preisgegeben habe.

Doch, da du lernbar bist, kannst du dir wenigstens vor Augen halten, dass Ich Bin der Sammelpunkt der Seinsideen, die Ich als Geisteslicht und Leben in das All verstrahle.

Du empfängst, was Ich Mir Bin, in deines Wesens Grund und gründest darauf alles, was du unternimmst, in deines Daseins eternellem Existieren.

Du gewinnst durch diese Seinsmethode alle deine Güter und Ich leite dich gehörig dazu an, im besten Sinn darüber zu verfügen.

Eine Symbiose findet damit statt von unvergleichlicher Rendite, die sich stets bewährt hat und sich weiterhin behaupten wird bis in die fernsten Weltenzeiten.

Ich kündige dir an, dass sich das Leben radikal verändert, so wie *Ich* es richtig finde, wenn du nur endlich auf Mich hören willst inmitten deiner so verlockenden Aktivitäten.

Es geht um die Gemeinschaft, die wir unbedingt zu pflegen haben, damit ein Sinn entsteht in allem, was wir tun und was wir demzufolge auch zu lassen haben.

Deinen Geist als Meinen zu erkennen ist dein würdig Los und dich als das Schöpferische an sich zu benennen, macht dich vor Meinen Augen glaubhaft, gütig, liebevoll und gross.

Folge dem, was sich der Weltenwille ausgedacht und trage den Erfolg getrost in deinem Notebook ein, dennoch weiss Ich, dass es grösstenteils der Meine ist vom Übersinnlichen her gesehn.

Wenn du wanderst, wanderst du recht unbewusst auf Meinen Sohlen, doch allmählich wirst du klar erkennen, dass es eben ganz so ist, wie Ich es dir zum x-ten Mal erkläre.

Dir steht, den Glanz des Allerhöchsten zu erfahren, kurz bevor. Dann darfst du dich vertraulich an Ihn wenden und gehörig von Ihm zehren, so, wie es die Myriaden Gottesgeister auch beglückt und friedvoll exerzieren.

Packst du aus, so packe Ich viel lieber an und merke Mir die Stationen, die Ich schon erfolgreich und geflissentlich durchlaufen habe.

Ich melde Grandioses an, derweil du hintennach hinkst mit deinen mickerigen Perspektiven. Dein Mut blieb auf der Stecke, weil du vergassest Mich ins Boot zu holen und so bist du jämmerlich gestrandet, statt auf froher Fahrt beständig aufzuholen.

Willst du dich von Mir ermuntern lassen, spure Ich für dich den Weg in eine Zukunft von erhabenem Geschmack und Wohlgefühl am Dasein ohne Grenzen.

Ich prophezeie dir was kommen muss, wenn du beständig auf Mich zugehst in den Geisteshallen, die Mir eigen. Willst du gerettet sein, so rette dich in sie und fühle dich in ihnen wohlverwahrt und seinsverwoben.

Rühmen sollst du, was Ich Bin in dir und deinen Motivationen, die dich zu immer neuen Höhen selektieren.

Ich wundere Mich stets darüber, wie unbekümmert du daherkommst, wo doch im Grund genommen alles drunter und drüber geht in deinem Haushalt und geschäftigem Gebaren.

Da kann es sich schon lohnen, Meinen Pfiff und Seinsbegriff in Anspruch zu nehmen, um am Ende ordentlich und geschniegelt herauszukommen aus der Flut der peinlichen Affären.

Ich unterhalte Mich mit dir, so wie sich echte Freunde tauschen sollen in der Tage flinkem Brausen. Demzufolge gibt es dann Momente, wo alles stimmig ist statt grimmig und wo die Röslein des Vertrauens blühn.

Eigentlich kann man dich nur für das behaften, was du wissentlich und willentlich getan hast in den Niederungen deiner Weltgedanken. Dennoch musst du alle Folgen deines Handelns still erdulden, derweil die Einsicht dich zu Besserem und Vernünftigerem führt.

Du glaubst dich zu kennen, derweil du lange noch verkennst, was wirklich in dir wirkt und waltet, sinnt und webt.

Du trachtest nach Erfolg, und Ich allein kann dir den echten bieten, indem Ich dich in die Gewissheit Meines Seins erhebe. Wie neu mag dir da alles scheinen, doch das Alte ist nur klar herausgestellt und in Mein Licht gesetzt des kosmischen und ewig seligmachenden Gefühls.

6.9

In Wort und Schrift will Ich dir Meine Meinung offenbaren, damit du das herausholst, was dir frommt in deinem Künstlerleben.

Klage nichts und niemand an für das, was dich getroffen hat in deiner Eigenart, das Sein zu wollen. Dein Zustand ist mit mathematischer Bestimmtheit auf dich selbst zurückzuführen.

Du redest gern vom Schicksal, das dir, wie von fremder Hand gezogen, anhängt und vergisst dabei, dass es die eigne war.

Dein Verhalten scheint dir ja in vielem aufgezwungen. Zwänge aber sind verursacht durch viel frühere Begebenheiten, die sich in längst vergangnen Inkarnationen abgespielt und angesammelt haben. Du scheinst das nicht zu wissen, deine Untergründe aber schon.

Wer besorgt dir, was du hast? Deine Neigungen sind für Mich ein inniger Befehl, dir dies und das bereitzustellen für dein stetig Wohl. So läppert sich zusammen, was du Bist, und ob es gütig oder misslich ist, das hast du selbst entschieden.

Ich teile mit, dass alle, die durch dick und dünn getreulich zu Mir halten, Meines Anstands sicher und bewusst sein können. Ihnen wird das Beste zugehalten, was da *ist*, nämlich das Empfinden reinen Seligseins in Mir und Meinen gottgesegneten Allweiten.

Ich händige dir aus, was du vordem noch nie gesehn und beschäftige Mich mit der Edukation und Weiterbildung deines Seinsgefühls.

Im Weltgetriebe lernst du gar nicht viel, verglichen mit dem, was dir das Stillesein beschert in Meiner Gründe Ziel.

Ohnehin geschieht für alle Welt und alle Wesen das, was sein muss, im grandiosen kosmischen System. Du magst es akzeptieren oder nicht, es rollt dahin, daher und bringt dir neue Kunde von dem, was Ich Mir ausgedacht und eingerichtet habe.

Du nimmst es schweigend hin in seinem Drall und Dröhnen und bist auf dem besten Weg, dich an alles zu gewöhnen, was du auch nicht begreifen kannst mit deinen Händen, mit dem liebevollen Herzen aber schon. Sei Meines Segens sicher in erklecklicher Gefahr.

6.10

Ich schenke dir das Schöne aus der Fülle Meines Seins und Webens. Du verbindest dich ihm und erfährst im Glück der Stunde, was es heisst, von Mir begütet und mit Wohlgefühl begabt zu werden.

Werde neu, ist die beglückende Parole, die Ich über Land und Meer verströme und die dich weiterführt von Seligkeit zu Seligkeit in Meinem Universenstrom. Du malst dir aus, was Ich in guten Treuen vor dich hingedacht und hingezaubert habe. Es auferstehn Gestalten, die du vordem nie bedacht hast in der Fülle der Erwartungen, die dich zutiefst im Herzensgrund bewegten.

Nun folgst du Mir, indem du die Konturen nachziehst dessen, was Ich dir formvollendet und begütigend vors schauende Gewissen legte.

Ich bereichere, was du dir Bist durch Meine Absicht, dich mit allem zu beschenken, was dir gut tut und Mich dir in Milde, Seinsgewissheit, Edelmut und Stärke zu vergeben.

Blick auf zu Mir und erkenne, dass Ich dein Behüter Bin als Wesen, das mit Engelschwingen sich bewegt und dir Holdseligkeit und Glück en masse bereitet.

Was dich immer fördert ist die Folge Meines Daseins über dir und allen deinen Angelegenheiten. Du erhebst dich in die Höhen Meiner Gegenwart im Sein und Sinnen der unendlichen Vertreter Meiner götterlichtigen Kultur.

Mit Licht erfülle Ich, was vordem finster war in dir und vermähle dich mit dem, was Ich Mir Bin und sein darf in den Sphären des unendlichen Gedeihens.

Von einem Hauch der Güte bist du mild umströmt, der von Mir ausgeht und wieder zu Mir heimkehrt in vollendeter Genügsamkeit und Sinnkraft, Schönheit und Glückseligkeit am immerwährenden Gedeihen an dir selbst, wie am gesamten Weltsystem.

Ich versammle um dich, was dir seit Äonen zugehört und bereite dir ein Fest aus dem, was du in freiem Über-dich-Verfügen generierst selbander mit dem Geist der Wahrheit, der Ich Bin in Wohlgemutheit,Tapferkeit und ewigem Mir-selbst-Genügen.

6.11
Wohin hat sich dein Glaubensschiff verirrt, dass es in so quirligen Gewässern stampft und ächzt, um trotzdem kaum voranzukommen? Du hast es selber

lenken wollen in der dräuenden Gefahr, vorbei an Schlünden und verlockenden Passagen. Nun hast du die Bescherung, weil du Meiner Worte Warnung nicht gewahr und sichtig wurdest.

Doch Ich verliess dich nicht in Angst und Not, hiess die Wellen schweigen und die Gewitter sich verziehn. Das verlieh dir die Gelegenheit in dich zu gehn und die Ruh und Andacht vor dem Herrn zu pflegen. Weil du das tatest, wendete Ich dich von allem Übel einer Zone zu, wo sich der Friede breitet, das Vertrauen und die immanente Herzensruh.

Du veränderst dich mit der Veränderung der Zeiten und gewinnst fruchtbares Land wo vordem Öde war.

Dein Herz erzittert vor Verlangen, Mich zu sehn und Meine segenvolle Gegenwart zu spüren.

Nun ist alles wieder gut und Güte der Allherrlichkeit in deiner Seele, wie in deines Lebens blütenrein gewordner Spur.

Dein Wille ist gefeit vor Unbill und verderblicher Manie und lässt sich treu und friedvoll von Mir führen.

Du glaubst und traust dem Höchsten alles zu, was vordem wie umhüllt von dichtem Nebel war.

Im Licht der Herrlichkeit darfst du nun wohnen und deinen unschätzbaren Beitrag leisten zum Gelingen Meiner Weltenpläne.

Ich finde keine Ursach mehr, dich abzukanzeln und ein ernstes Wort mit dir zu reden, weil du unablässig willig und bestrebt bist Meiner Ziele Soll zu fördern, um schlussendlich deine Welt in Anmut und Entschiedenheit erblühn zu sehn.

Ich werte wieder auf, was du dir im Entwerten Missliches geleistet hast und finde Wege, dein geliebtes Dasein würdig, fruchtbar und erfreulich zu gestalten.

Bist du mit Mir verbunden, lässt sich alles bestens an und deine Züge sind den Meinen ebenbürtig und dem lichten Sein gemäss geworden. Du ahnst Mein Hiersein jederzeit in deinem Busen und bereitest dir ein Fest, aus Seinsvertrauen und Gewandtheit jederzeit auf jeden Wind zu reagieren. Das bewirkt die Güte Meinerseits und giesst vollendete Glückseligkeit in deine offnen Schalen.

6.12

Getreu dem Wort "Ich Bin" vollführst du deine wunderbar geschniegelten Kapricen landauf, landab im Ungewöhnlichen. So wie Ich Mich feiere, feierst du dich selbst mit ausgezeichneten Bewegungen und Regungen gerade vor dich hin.

Ich schaue dich konstant und innig an und verleihe dir damit die Kraft zum Siegen. Du kriegst von Mir ins Ohr geworfen, was dir nicht behagt und weisst doch, dass es dich zu bilden fähig ist nach Meiner Art und Meinem tüchtigen Befehl.

Stell dich bitte nicht so läppisch an, wenn du etwas zu verhandeln hast nach Meiner gängigen Manier.

In Meinem Schwellentanz geht es Mir stets darum, an Höhe zu gewinnen, um dorhin zu gelangen wo schliesslich alle landen müssen, in der Pracht Elysiens nicht weit von hier.

So viele schliessen ab, bevor sie reif genug sind, ohne weiters zu Mir und Meiner Fülle zu gelangen. Da ist dann Nachholwerk am Platz und viel Gerissenheit, um doch noch ans ersehnte Ziel zu kommen.

Solange du dich bindest, Bin Ich nicht befugt, dir auf den grünen Zweig zu helfen, den du unbedingt erreichen musst.

Meine Absicht ist global und kann von dir nicht ohne weiteres verniedlicht oder gar umgangen werden.

Dein Zugriff Ist erst dann berechtigt, wenn du dafür geschult und approbiert bist nach den Regeln, die in deiner Gegend gängig sind.

Trage niemals Dick auf, wo Dünnes angebracht und richtig wäre. Hingegen sei dafür besorgt, dass stets genügend Farbstoff für das Bild vorhanden ist, das du zu generieren wünschest vor dir her.

Was du verbrochen, kitte Ich im Nu zusammen und gestatte Mir, es jedermann als Kunstwerk zu erklären.

Hältst du dein Verhältnis bei mit Mir in ewigen Gefilden, wirst du reich dafür belohnt, indem du Sicherheit erlangst von dem, was du dir Bist sowie von dem, was Ich Mir Bin in überragend positiven Rängen.

Was dich vor allem interessieren kann, sind Meine Seinsgedanken, die sich weithin durch das All verbreiten, auch bis hin zu dir. Da gibt es dann ein übermenschliches Belehren und mit neuer Kraft Beehren, die von Mir ausgeht und für jedermann begrifflich und genüsslich ist seit so und soviel Jahren.

6.13

Der Allgegenwärtige, der Ich dir Bin, verschafft dir Kenntnis von dem Sein durch Intuition in bodenständiger Manier. Das hebt dich über dich hinaus in Geistewelten, die dich ständig und gewissenhaft umspühlen.

Du gewahrst dich in der Welt als Wesen geisteswirklicher Gefälligkeit am Sein und Werden und kümmerst und bekümmerst dich um nichts und niemand mehr.

Dein Mit-Mir-Vertrautsein führt zu einem Zustand der Glückseligkeit und Wonne am Gedeihen in der Welt, in der du wach geworden bist zu deinem wunderbaren Selbstgenügen.

Wer dir zu diesem Stand und Punkt verhilft, Bin Ich in dir und deinen weiterführenden verheissungsvollen Akquisitionen.

Es laden dich die sieben Geister Gottes liebevoll zum Bade in des Geistes Strahl, der von Mir ausgeht und das Universum stets verändert in so vieler Weise wie es Weisen gibt im lichterstrahlenden Allwesen.

Ich verlange von dir nichts als des verständnisvollen Lauschens Ziel und belehre dich in Meinem Sinn und Geist zu deinem überirdisch angelegten Wohl.

Mein Mantra heisst: „Ich Bin" und Meine Gegenwart im All beweist es ohne weiteres Getuschel und Gerede.

Ich sitze auf dem Königsthron und du hast Mir zu huldigen tag und nächtig, derweil Ich Meine ganze Güte dir erstrahlen lasse.

Magst du dies, so brauche Ich nichts anders anzuordnen als: Gewinne Achtung vor dem Sternenall, in dem Ich Bin und wese, ungesehn und doch präsent im geisteswirklichen Erleben.

Ich streife, einem warmen Sommerwindchen zu vergleichen, liebevoll an dir vorüber und beglücke dich mit Meinem Sosein ungemein in allen deinen Fibern.

Für was du immer willst magst du dich halten, doch für Mich Bist du das Ein und Alles, das mit Mir vereint das All verwaltet und belebt und es zu einem Garten Eden stilisiert, in dem Entzücken herrscht, Holdseligkeit und waches Zueinander-Gehn.

Hast du noch Fragen, siehe zu, in Mir sind alle schon gelöst, du brauchst das Ergebnis nur getrost und billig bei Mir abzuholen. Das verleiht dir die Gewissheit, dass du Urständ feiern darfst in Mir und Meinem unermesslichen und lichten Sanktuarium.

7

Eine Himmelsbotschaft zu verkünden

7.1

Eine Himmelsbotschaft zu verkünden, setze Ich zum Sprechen an und lasse sie in alle Herzen strömen. Es geht darin um das Bewusst-Sein, das die Menschen jederzeit und überall so nötig haben.

Was Ich ihnen damit biete, hält sich wie ein lichtdurchschossner Baldachin hoch über ihnen, derweil es rieselt Tau von Meinem Tauen auf die Welt hinab. Ich schaue, was du noch zu schauen würdig werden sollst und staune Mich gar selbst darüber an, dass Ich den Raum mit Gottesgeist erfüllt erleben kann voll Sinn und sinngemässem Tun.

Das Wiederkehrende hat aufgehört zu existieren und Ich wende Mich dem Neugebornen zu, das in der Fülle allen Lebens Blüten zeitigt von befreiendem Entzücken und Befrieden.

Das hat zu bedeuten, dass die Lebensfelder nie geschaute Früchte tragen und die Ernte vielfach wirkend ausfällt in den offnen und vertrauensvollen Seelen.

Hinfort Bin Ich was sich nennt „der Weg, die Wahrheit und das Leben". Es erscheint wie neu und ist doch seit Urzeiten die Doktrin , die alles aufrecht hält und in das Wunder einer Zukunft führt von Seinsgelassenheit, unendlicher Erbaulichkeit und seelenvollem Frieden.

Ich habe Mich erkannt im Herzensgrunde und so soll es dir beschieden sein nach vielem Ringen und Erringen aus erheblicher Gefahr.

Ich ringe Mich in dir empor zu nie geschauten Aussichtstätten und empfehle Mich als Führer zu den allerhöchsten Geisteshöhn.

Wer sich Mir vertraut, kann in den Nächten ruhig schlafen und am Tage Meines Lichts geniessen wunderbar. Du brauchst nur achtsam und devot zu sein Mir gegenüber und schon fliessen dir die Quellen göttlichen Erbarmens reichlich zu.

Kommst du Mir entgegen, läuft auf einmal alles rund und richtig ohne jeden Zwang in deinem Leben und du tust dir selbst Genüge, indem Ich sie dir angedeihen lasse.

Was von Mir aufgewertet wird, kommt dir spontan und ungeschmälert, regelmässig und gewissenhaft zugute, damit du auflebst und dir jede Gunst gewährst von Mir im höhwärts Treiben.

7.2

Was ist denn das, was kann das sein, der intensive Drang zu einem Thema, das dich eigentlich nichts angehn sollte im Frühlicht gottgesegneter Tage.

Es Ist das Zärtlichsein, zu dem die Seele sich wendet, das Vergnügen, die Zuneigung, die dich mit dem Leben der Welt verbindet und vermählt.

Du denkst an vieles und meinst doch nur das Eine, das du liebst und dem du dich verschrieben hast mit Haut und Haaren. Was nützt es, um den Brei herum zu reden, wo doch seine Hitze dich erfasst hat und du von ihm kosten möchtest, innig, zweifellos.

Du bangst um das geliebte Wesen, derweil es ferne oder nah dir war. Zweimal unterstreichst du jeden

Satz, mit dem du es bedenkst und jedes Wort, das dein Gefühl verherrlicht und belebt.

Du siehst die Schranken mählich fallen, die es schützend und solid umstanden haben und gibst dich der Betrachtung hin des unendlichen Wohlgefallens, das du zu erleben trachtest und das dich eben noch verschmähte.

Wie kannst du in den Himmel deiner Träume kommen, wenn sein Antlitz sich nicht zu dir wendet und dir ungeniert bedeutet, dass das Unsagbare, Heiligduftende erwidert wird, erst zaghaft, dann in vollen runden Zügen. Das ist die Bedingung, die erfüllt sein muss, damit die lieben Zweige rauschen und die Kirschbaumblüten sich entfalten im sich verwirrenden Geäste himmelhoch.

Du wirst auf jeden Fall gezeichnet sein von dem, was dich betraf und sich erfüllte oder nicht in seinem unsichtbaren Werden und Vergluten.

Mach es nur den Schwalben nach: Lass dich in die Weiten wiegen himmlischen Azurs und dich im Ätherglanze von dir selbst entfernen ohne jede Spur.

Ist dir das gelungen, lebst du wieder auf von dem, was dich beschwerte und dir beinah die Tränen in die Augenwinkel trieb. Du atmest wieder ganz normal und lässt die Güte der natürlichen Umgebung in dich strömen.

Ich meine, so und somit ist doch alles Leben gut und lässt sich recht bekömmlich an. Die Schatten fliehn, derweil die Sonnenmeisterin das Zepter führt und sich die Krone aufsetzt des allherrlichen Genügens an der Welt sowie am lebensfrohen Sich-Begreifen.

7.3

Anhaltspunkte gibt es viele, doch nur wenige können richtig greifen in der weitverzweigten Gottnatur. Diese aber will Ich pflegen mit allen Mitteln, die Mir zur Verfügung stehn.

Zwei hehre Punkte lass Ich dabei gelten, einer ist das tief empfundne Überschauen aller Meiner Angelegenheiten, der Andere das reglos und gelassene In-Mir-Verweilen.

Bist du schon dazu berufen in des Weltalls unermesslichem Gefüge schöpferisch zu sein, hebe Ich dich auf und ströme dir die Kräfte dafür zu.

Sowie Ich dich in Händen halte, hältst du Mich in dir und trägst das Geisteslicht voran, mit dem Ich alleweil inständig operiere.

Du gefällst Mir so, wie du nun einmal für dich selbst geworden bist und dennoch muss an dir noch vieles völlig anders werden, bis dein Wesen Gottesgeist gefällige und unfehlbare Züge aufweist in den Höhn.

Ich weite aus, was noch zu eng beschrieben und getrieben ist in dir und lasse dich aus diesem Grunde nie und nimmer fahren.

Was Ich immer schon betont und ganz besonders intensiv gepflegt und mitgerissen habe, ist Mein Wesensein in allen, die Mich innig lieben. Dafür sind sie reich belohnt mit Meiner Fülle Überfluss und Grazie der himmlischen Struktur, die ich seit eh und je verwalte und in ihrer überragenden Bravour erhalte.

Bist du da, so Bin Ich's auch und lass dich nimmermehr ins Irgendwo entlaufen. Deine Züge haben sich den Meinen bis aufs Härchen angeglichen und du gebärdest dich wie einer der geschaut hat und erfahren, was und wo sich was gehört.

Springst du Mir federleicht und ungestüm voran, so muss Ich dich gekonnt im Zügel halten, damit durch deinen Sturm kein Ungeschick geschieht.

Ich wähle Frieden, wo du noch lange kämpfen musst in deinen oft frivolen Situationen. Das bildet dich im Grund genommen wie von selbst und bildet dich trotzdem genau in Meinem Sinn, zu deinem wie zu Meinem Wohlgefallen.

Mir sind die Hände nie gebunden und die Deinen binde Ich gekonnt und hurtig los, wenn du dich damit in Gefahr begeben. So und somit lässt sich alles bestens an, was durch Mich in dir geschieht und was geschehen muss, um alle Welt im Evolutionenschritt voranzutreiben.

Ich Bin dein trefflich Los und bist du losgelöst von dir, so kann Ich dich an Meine grüne Seite reichen, damit sich deine Kämpfe lohnen, wie die Meinen, im verehrenswerten und aufs äusserste ergiebigen, glückselig werdenden Allhier.

7.4

Willst du bedächtig sein, bedenke Ich dich mit den zugehörigen Bekräftigungen, die dich zu einem fabelhaften und genüsslichen Ergebnis führen.

Alles Unwichtige schiebst du beiseite, um dich mit dem, was angebracht ist, zu beschäftigen von früh bis spät und noch um ein Erkleckliches hinaus darüber.

Ich lege dir in guten Treuen Rätsel vor, die du zu knacken hast, wie überreife Nüsse auf dem Gabentisch vor dir.

Lebst du geschwind so muss Ich dir Gelassenheit verehren, vertrödelst du die Zeit, stoss Ich dich ungestüm voran, damit getan wird, was Ich für dich vorgesehen habe.

Zweifellos befindest du dich jederzeit im Wirbel Meiner Geisteskräfte, die dich mit Köstlichkeiten zu versehen haben. Mein Motto lautet: Du Bist nicht reif, bevor du dich in Meinem Labor umgesehen und betätigt hast nach bestem Können und Gebaren.

Endlich darfst du Mich wie einen Bruder an der Schwelle deiner Heimstatt regelrecht begrüssen und dich damit so beschreiben, wie's die Adligen von sich im Mittelalter taten.

Ich kenne Mich da aus und mache dir bekannt, was für dich wohlbekömmlich ist und graziös in deinem Zaubergarten.

Was dich anbelangt, soll sowieso von nun an alles ganz genau auf Mich bezogen sein, damit du fähig wirst, Mich darzustellen im Reich der Menschen wie der Götter in des Alls Gebiet.

Es soll geschehn, dass alles, was du unternimmst, zu einem Fest der Freude wird vor aller Augen und besonders auch vor Mir, der Ich dir soviel Input und

Reserven gab, dich gehörig durchzuschlagen. Im Weiteren geht es darum, dass du dich verhältst wie einer, der erkannt hat was er *ist* und der damit was Rechtes anzufangen weiss in seiner schicken und gefälligen Montur.

Auf Mich kannst du in jedem Fall aufs allerbeste zählen und kannst dich so viel wie du willst an Mir bereichern täglich vor dem Mittag schon. Das führt dann zu seligmachenden und freudigen Momenten, die dir angemessen sind wie nie zuvor und die dich unter Meinen Götterblicken spornstreichs ins Elysium führen.

7.5

Wann hat dein Lebenstraum begonnen und wann wird er enden, frägst du dich in deinen philosophisch angehauchten Stunden. Ich aber rate dir, so nicht zu fragen, weil das Zählen keinen Sinn macht in der Unendlichkeit der Geistessphären.

Es weben die Gedanken sich zu Wesen, die solange fortbestehn, wie sie genährt und damit festgehalten werden. Einer hat sie und ein andrer nimmt sie auf, um sie auf seine Art und Weise weiter auszubauen bis ein Wunderwerk daraus ersteht. Dann geht eins ins andre über und bekennt sich zu sich selbst, zu dem andern aber nimmermehr.

Ich halte fest, dass Meine Tage nicht gezählt sind , weil sie alleweil und frank und forsch bis ins Unendliche stossen.

Ich dränge Mich nicht auf, doch wo Ich Bin, musst auch du so sein, weil wir einander unweigerlich und immerwährend zugehören. Ich habe einen neuen Raum betreten und will ihn allen zeigen in seiner

Pracht und wohlgefälligst dargestellten Attitüde. Glaube Mir, dass Ich es exzellent und gütig mit dir Meine, zeitgebunden, zeitenlos.

In Mir ist namenloser Frieden, der dir genauso zugehört und den Ich dir verbindlich und geschwisterlich verschenke.

Was immer Ich Mir leiste, soll auch für dich errungen sein und soll dich stärken, nähren und gesund erhalten, freudevoll und wirkungsvoll und wahr.

Ich unterweise dich in Lobgesang und Schweigen vor dem Herrn, der du dir selber Bist geworden.

Damit ist erreicht, was Ich schon immer als Mein Ziel erachtete und was nun quicklebendig vor dir liegt. In hocherhabnen Tönen singt dein Herz dem Meinigen gottselig Hochgesang entgegen und schweift niemals ab zu anderen und unergiebigeren Musikalien.

Du erlebst den Frieden den Ich dir zur Tröstung reiche von dem Weh der Welt und seinen Sanktionen.

Meine Bürde ist so leicht geworden, dass du sie spielend tragen kannst. Du nimmst dich ihrer an wie ein Geschenk des Himmels, das dich ständig höhwärts, lichtwärts führt. Mach es ebenso wie Ich, wenn es dich ankommt, etwas Nützliches und Auserlesenes zu tun und fasse dich in Mir in eins zusammen im gesamten, wunderbaren Welten-wohl. Das erfolgt in der Folge Meiner, wie auch deiner, seligmachenden und fabelhaften Liebes-taten.

7.6

Manierlich oder despektierlich gehst du vor Mir her und lässest dich zumeist so richtig gehen. Das mag dir hilfreich sein, Mir aber nicht, weil sich Mein Sinnen, Sein und Sagen in ganz andre Richtungen bewegt.

Was Ich dir ständig zu erklären suche, sind die Seinsgepflogenheiten, die Ich Mir zugelegt und immer weiter ausgebaut, gepflegt und eingetrichtert habe.

Meine Ansicht von der Welt wird mit Mir riesengross und lässt sich kaum mehr adäquat für dich beschreiben. Zudem will Ich deine Herzensruhe nicht zu kräftig stören, damit du leben kannst, wie's dir gebührt und auch gehörig ist in der Geschliffenheit und Wohlbedachtheit Meiner pfiffigen Artikulationen.

Überlegst du dir, was hier zum Vorschein kommt, musst du gewaltig staunen und dich dazu bequemen, mehr in dir aufzunehmen, als du jemals wolltest und dich inniger mit allem zu befassen, als es dir denn genehm war.

Inzwischen dürfte es dir wohl bewusst geworden sein, mit welcher Nonchalance und Zuversicht Ich dich seit aller Zeit umgebe. Das ist, weil Mich die Dinge deines Seins beständig und zuinnerst wesenhaft berühren.

So verändert sich Mein Wesen simultan und sesshaft mit dem Deinen und findet weder Rast noch Ruh, solang es dir nicht wohl ergeht in deinem Dasein dort und hier.

Ich öffne dir das taub gewordene Gehör, damit du jederzeit vernehmen kannst, was Ich der Welt, wie dir, Beschauliches und Trautes zu berichten habe.

In Meinen Augen stimmt aufs Haar, was sich so abspielt in Bezug auf die gewaltig ausgebreiteten evolutorischen Begebenheiten, die sich zu allererst im Geistesraum vollziehn. Dann driften sie hinab in deine Wirklichkeit und machen dich konfus, weil du nicht weisst woher sie kommen und deshalb anfängst über sie zu spekulieren.

Du nimmst an, dass es so sei, dabei ist es ganz anders, so wie Ich es an der Quelle überseh. Ich mache Mir kein Hehl daraus, dich als noch wenig mündig zu erklären und will dir dabei helfen, es zu werden in allweltlicher Manier. Mein Rat an dich vergräbt sich in dein Herz und leuchtet auf, dich mit der Weltengottheit zu versöhnen.

7.7

Wofür solltest du bereit sein, wenn nicht, Meiner Gaben Siebenfalt gehörig zu empfangen, um von ihrem Wert beglückt und angeregt zu werden.

So wie Ich, dich bedenkend, deinen Zustand in Mir spüre, ist dein Leicht-Sinn für dich zugleich eine dräuende Gefahr. Demnach greife Ich in alle möglichen Register, um dich von dem abzuhalten, was dir zum Verhängnis und Vergängnis werden könnte.

Ich suche dich aus Herzensgrund zu trösten, wenn dein Auge glänzt vor Weh und gehöre unbedingt zu denen, die dich vom Drängeln nach Gefälligkeit zu lösen trachten.

Wandelst du auf Glaubens-Pfaden, finde Ich es schicklich, dich auf ihnen zu begleiten, damit du, was dir auch nicht sichtlich ist, im Innersten verstehst.

Die Lichter die du, Meinem Sinn gemäss, entzündest, kommen deinem Heil zugute und beleben, was du Bist, mit ihrem vollen, runden Strahl.

Was immer du von Meiner Warte aus gesehn, gewinnt an Tatkraft und Entzücken an der Welt, macht dich schöner als du warst und wird dir täglich weiterhelfen bis zum langersehnten Ziel.

Kann Ich dich vor Unbill warnen, ist es Mir vor allem stets daran gelegen, deine Tage zu erfrischen und durchziehn, auf jene Weise die Mir bestens liegt im unergründlichen Gehaben.

Ich dehne aus, was du um dich herum erfindest und mache dich zum unbeschränkten Herrscher über es. Dazu ström` Ich dir voll Verve die Werdekraft entgegen.

Von Mir aus kann recht vieles untergehn, was dich betrifft, weil Ich es stets durch Besseres und Edleres ersetzen kann, in deinen Mangelzeiten.

Ich erfülle, was du Bist, mit leidenschaftlichem Bedenken und erlabe Mich am Anblick der daraus ersteht.

Du bist Mir recht und gut für alles, was Ich noch erreichen will in Meinem Drang nach viel viel mehr.

Was Worte nicht bewirken können, vollbringe Ich durch seinsspontane Taten, die schlussendlich Weltgeschichte schreiben.

Ich höre niemals auf zu singen und zu springen, selbst, wenn etwas schief gegangen ist im Zuge Meiner mannigfachen Dispositionen.

Was immer Ich erwäge, ist besonders sinnvoll austariert und trägt zum Wohl des Ganzen bei, das Ich befehlige und liebevoll beselige in bester Absicht, Freude Frieden, Starkmut und enormes Seinsbewusstsein zu verbreiten.

7.8
Willst du dich im Geist gesund erhalten, trag dich Mir gefälligst an und suche deinen Wert und Werdegang durch Meinen zu ergänzen.

Ich komme sehr direkt verbindlich auf dich zu zu deinem Wohl und lass dich nicht in deinem eignen Safte schmoren. Deine Seinsgeschichte schmiegt sich Meiner an und wird zu guter Letzt als einzige erscheinen.

Legst du einen drauf so kommt von Mir sogleich noch einer und das hütet dich auf strammem Trab, der Geisteswelt und damit Mir entgegen.

Es verfestigt sich in dir, was vordem lose war, was sich jedoch verhärtete, beginne Ich mit väterlicher Sorglichkeit zu lösen.

Du stehst gerade an dem Punkt, wo du dich ganz bedingungslos für Mich entscheiden solltest, oder eben nicht. Vorteil über Vorteil wird dich wohlgemut beflügeln, wenn du dich dazu entschlossen hast, nur noch nach Meinem Ratschlag und Rezeptbuch zu agieren.

Soweit es eben tunlich ist, komm Ich dir mit Glanz und Glorie entgegen, das Weitere jedoch ist Deine Sache alleweil in Mir.

Ich verrate dir Geheimnis um Geheimnis Meines Seins und Wesens, du jedoch behältst noch allzu viel für dich allein, ohne es der Allgemeinheit nutzbar und probat zu machen.

Stehst du auf Frieden, sieh Ich lasse dich von ihm aus erster Hand durchströmen und mit dem Siegel reiner Göttlichkeit versehn.

Nun sprudelt, was dich unterweisen soll, in deine offnen Schalen und gibt sich dir mit feinem Winken zu erkennen, als von Mir gesendet und mit Meinem Sinn begabt.

Was nicht grösser werden kann wird von Mir sinngemäss zurückgehalten und was wachsen soll enorm befördert, damit es raschmöglichst seinen vollen Wuchs erreicht im Wunderbaren.

Es liegt der Glanz des Ewigen auf deinen Zügen, denn du bist gefirmt für alle Zeiten von des Geisteslichtes hellem, heilen Strahl. So zeigt sich, was Ich dir seit eh und je erzeigen wollte an Erhabenheit, Glückseligkeit und Heiterkeit in Meines Daseins Weltensaal.

Du läufst geradewegs in das hinein, was Ich dir schon vor aller Zeit bereitet habe und kannst es kaum noch fassen, wie umfassend dich Mein Sein beseelt, beglückt und dir zutiefst gewogen ist im Grandiosen.

7.9

Ich will das Glück auf alle regelrecht verteilen, die da *sind* und Meine Werte dringend suchen.

Worinnen willst du dich in Zukunft sehn? In deinen komfortablen Eigenheiten, oder in der allgemeinen wunderbaren Lehrkraft, die Ich für das Allsein liebevoll entwickelt habe.

Es gäbe vieles von der kühlen Kühnheit zu bereden, die in den Köpfen der Beherrscher dieses Daseins dominiert, doch Mir liegt es gar sonderlich am Herzen, Liebewärme, Anteilnahme und Geborgenheit in reiner Fülle zu verbreiten.

Siehst du dich im Ich-Gefüge gefestigt, kann es nur das Meine Sein, das überall den Ton vorgibt, wo Geistiges geschieht und wo Ich das Unendliche bewirke singulär.

Hast du dich noch nie betrogen? Dauernd tust du es, derweil du Mich verkennst in dir sowie dem Cape der guten Hoffnung, mit dem du dich zu schützen suchst.

Ich Bin der wahre Hüter deiner Angelegenheiten und bewahre dich vor allzu viel gemeinen und geheimen Strategien, die dich im Stechschritt weiterbringen sollen.

Meiden sollst du das verführerisch gestaltete Geflüster derer, die`s im Grund genommen gar nicht gütig mit dir meinen. Sie sehen nur den eignen

Vorteil in sich spriessen, wenn sie, noch so freundlich lächelnd, vor dir stehn.

Es gehört sich für dich nicht, bei jenen anzupendeln dort wo ständig Händel, Unrast und Besorgnis anstehn in den wissenschaftlich durchgeformten Häuptern der Gewinner ihrer Lose.

Bedenklich stimmt Mich deine Haltung vielem gegenüber, was dich haltlos macht und dir schlussends den Weg versperrt in Meine hochgelegenen Behausurgen im Geistraum, Meiner Art Mich zu erleben.

In jedem gottgesegneten und seinsbewussten Menschenwesen komme Ich Mir selbst entgegen und beglücke es mit den Talenten, die Ich Mir in langgedehnten Studien erdacht und eingemittet habe.

So wirst und bist du Mein mit allen Fibern deines Seelenseins wie deiner götterlichten Seinsbezüge.

In Mir erfährst du endlich Ruhe, Sicherheit und Frieden, die du so sehr gesucht und die dir endlich die unendliche Vollendung und Beglückung generieren.

7.10
Alles, was Ich dir kredenze, ist von bestem Ruf und Reichtum an Beständigkeit und seelenvoller Harmonie.

Du kannst gefahrlos alles übernehmen, was von Mir kommt und was dazu beiträgt dich zu bilden und mit allem Nötigen zuinnerst zu versehn.

Ich erhebe dich zu Meinen Diensten an der Welt sowie an vielen Einzelnen, die deiner Hilfe unbedingt bedürfen.

Land in Sicht, wirst du die vielen, in das Sein Geretteten, begeistert rufen hören auf der Wanderschaft zu Mir.

Alles, was Ich je mit dir vereinbart habe, kommt nun ungestüm zum Zuge und verändert, was du Bist, in fulminanten Meistermassen.

Was dich immer formt entbindet sich aus Meinen Schalen und was dir zugute kommt, hat seinen Ursprung alleweil in Mir.

Wofür soll Ich dich halten, wenn dir die Lebenslust vergeht und damit auch der Drang, dich in Mein erhabnes Milieu zu begeben?

Das schafft Tiefen an, und sind sie dann erreicht, muss es nach Meinem wie nach deinem Gusto wieder tüchtig aufwärts gehn.

Meine Geistesworte dringen in dich ein und beleben, was du Bist, in wunderbat beschaulicher Manier.

Du deckst dich mit Gedanken ein, die wahrlich nicht von Pappe sind in deiner rustikalen Situation.

Nun verfertigst du dir wieder, was dir frommt und lässt bekömmliches Gedankengut vor dir Parade laufen.

Überschuss entsteht und strömt in unsagbare Weiten um dich her, Mein ist dein und Opfermut beginnt sich breit zu machen im erstrahlenden Revier. Hörst du den Trauschein knistern, der dich vor Mir her bewegt und dir in Erinnerung ruft, was du Mir einst Bedenkliches versprochen. So wird das Nette wieder nett und das Verruchte rauscht vernehmlich, dämlich und gewissenlos von dannen.

Ich warne dich in deinem Seinsrevier vor allzu grossen Eskapaden und lass das Bodenständige in deine Glieder fahren. Cool ist cool wirst du bemerken und geistvoll voller Geist, derweil du dich mit guten Worten tröstest im geduldig wartenden Gemüt.

7.11

Nun will Ich dir was Wichtiges besagen für den gerechten Fortgang deiner Seinsgeschichte im Allhier. Es geschehen Zeichen, du sollst dich aufs intense Lauschen verlegen solange, bis du Gedankenströme wahrnimmst und aus ihnen Worte destillieren kannst von dezidiertem Weltbedeuten.

Wirklich griffig sind die Fakten, die von Meiner Seite zu dir kommen und dich konfrontieren mit dem missionarischen Gefühl Dinge zu erfahren, die nur Ich und niemand anders wissen kann.

Unser Vater in den Himmeln, der sie baute, schaut herab und ist das Es in aller Welten Sein. Ich nenne Mich so wie Ich Mich erkenne als Ich Bin in allen Daseinsregionen.

7.12

Dein Sein bewirkt Erkleckliches im Umfeld deiner Liebestaten. Du greifst da und dort behutsam helfend ein und schenkst so dem Leben grandiose Fülle und verbindliches Erwarten.

Du bildest, was zu bilden ist, mit wacher Nonchalance und sagenhaftem Seinsgenügen. Das bewegt und hat bemerkenswerten Einfluss auf die harrenden Gemüter, denen Ich durch dich gewissenhaft zur Seite steh.

Auf diese Weise formt sich eine reizende Gesellschaft still und lebenstüchtig, mutig und gekonnt heran, die von Mir gefördert wird mit allen Mitteln Meiner Kunst zu sein und das stete Werden zu beglaubigen.

Ich halte stets dafür, dass gesagt wird, was bedrückend auf dem Herzen liegt und dass damit alles Problematische zum Vorschein kommt im anspruchsvollen Erdenleben.

Ich gebe niemals auf, wo etliche den Bettel längstens hingeworfen haben und verstricke Mich in keine Händel, die nur Unruh und Verzweiflung, aber keine Lösung bringen.

Generell betone Ich, dass nur im Notfall scharf geschossen werden darf, alles andere muss mit Geduld und gutem Willen, Heilkraft und Humor beglichen werden.

Wie kannst du zaudern, wo du doch weisst, dass Ich begütigend dahinter steh, und wie kannst du dir erlauben, ungläubig dazustehn, wo sich Meine Boten längst die Füsse wundgelaufen haben.

Ich muss und will beständig auf dich zählen. Was Ich vollbringe, soll dir beredtes Zeugnis sein für alles, was auch du bewirken kannst in deinen umfangreichen Wirkungsfeldern. Das stärkt die

Welt und verleiht den Bürgern Hoffnung auf ein wohlgeordnetes und blütenreines Leben.

Kannst du begreifen, dass sich in Meinem Universum alles doch und noch nach Meinem sakrosankten Willen und Befehl vollzieht? Was davon abfällt, kann nicht Meine Sache sein und ist nicht fähig, regelrecht zu reüssieren.

Mit Mir am Bändel kann es keine Händel geben. Das ist der Ausdruck Meiner Güte, dass dorten wo Ich Bin, der Friede herrscht, die Überlegtheit, wie die Wissenschaft vom Sein, in der Ich so bewandert Bin wie niemand sonst in Weltall-Gründen.

Sieh das wohl und sei beglückt, entzückt und überzeugt von Meinem grandiosen Stil.

7.13

Wo soll ich dich platzieren, wenn nicht in Meiner schicken Ahnengalerie, wo sich die klugen wie die windigen Gesichter haufenweise aneinander reihen. Es kommt, wie`s kommen muss, dass die Räume rarer werden und die Flächen teurer, um noch Gerahmtes aufzunehmen.

Willst du dich ständig in Erinnerung behalten, braucht es eine rechte Menge an Talenten, die der Welt den Nachweis bringen, dass du ein Genie bist und von Mir geadelt und in alle Himmel hochgehoben.

Hast du alle Schliche akquiriert, die dich zu einem prächtigen Gewinner stilisieren, brauchst du nur den einen, letzten noch, um bei Mir persönlich rauschenden Erfolg zu generieren.

Das wird dir indes so leichthin nicht gelingen, weil du dich auf eine Art mit Mir liieren sollst, die auch Mir gefällig ist und zwar für lichterstrahlende ereignisvolle Evolutionen.

Was immer du dann intendierst, wird haargenau dem Reichtum Meiner göttlichen Ideen folgen. Du wirst sie so zur überragenden Verwirklichung und Reife bringen, dass sie allgemein gefällig sind und akzeptiert im menschlichen Bewusstsein und Gewalten.

Wunderbares wird durch dich geschehn sowie du dich in die erlauchten Reihen Meiner Konzeption, Katharsis und Empfindung eingefügt hast im Bestreben, all das zu erringen, was *Ich* schon lange bei Mir eingesetzt und ausgeklügelt habe.

Ich gewöhne Mich daran, auch Neue bei Mir aufzunehmen, die noch in der ersten hoffnungsvollen Blüte stehn, wenn sie nur tapfer bei der Stange bleiben und mit allen Mitteln vorwärts, aufwärts streben im Bereich der göttlichen Doktrin.

Was kann dir schliesslich besseres geschehen, als deine Tage unter Meinem Fittich zu verbringen und damit unter der Gewähr, dass dir alles wohlgelingt in deinem götterlicht gewordenen Gehaben. Ich meine das und immerzu sollst du's auch meinen damit unsere Taxierungen von Welt und Sein nicht auseinanderdriften.

So gibt es nach wie vor die Einheit aller Dinge im Allhier und du wie Ich sind dazu ausersehn, sie ständig zu erleben.

„Nicht Ich, doch Du" soll jeder ständig vor sich hin zitieren und damit die Verbundenheit betonen, die uns prägt und zur erhabenen Beglückung führt, auf die wir alle so erpicht sind im unendlichen Gewoge.

Was immer du ermessen hast ist Mein Ermessen sowie Meine Wissenschaft gewesen. Ich tadle nie was du getan, doch merk Ich es dir an, es nächstens gottgefälliger und liebevoller zu betreiben.

Meide Mickeriges und lasse dich von Meinem Sinn und Geist gebührend inspirieren.

7.14

Landauf, landab begleite Ich die Seins-Lektoren durch den Dschungel ihrer übersinnlichen Gefühle. Sie ermannen sich dazu, das vorzutragen, was sie innerlich bewegt und was der Welt der suchenden Gemüter nützen kann in ihren kunterbunten Winkelzügen.

Lange müssen sie sich, suchend und versuchend, durch die Büsche schlagen, bis sie das, was ihnen frommt, entdeckt und freudig aufgenommen haben.

Ich stehe ihnen bei in unaussprechlichem Verfügen und lasse sie sich an dem retablieren, was ihnen hilft, vollendete Beglückung zu erlangen.

Ich lasse alle, die da *sind* und sinnen, mutig aus der Reihe treten und unterweise sie dann separat im Fach des Mündigseins geradewegs vor Mir.

In aller Stille leite Ich sie dazu an, den Pfad zu finden, der in Meine Geisteshöhen führt und damit zum glückseligen Verweilen im erlauchten Sein von Meiner Qualität und seinen Unermesslichkeiten.

Das Geringe und Geringel lässt du fahren und erinnerst dich an jenen Gruss und Guss vom Himmel, den Ich dir schon vor Urzeiten sandte, um dich zu beleben und dein Sein auf das zu gründen, was es wirklich ist: Mich selbst in allen Fibern und dezenten Folgerichtigkeiten.

Ich gewähre dir damit das Glück, im wonnevollen Milieu der Göttlichkeit zu leben und zu sein für alle Zeit im Schoss der strahlenden Unendlichkeiten.

Ludwig Weibel, geboren 1933
Lebt in CH-9200 Gossau/St.Gallen
Homepage: www.das-sein.ch
E-Mail: ludwig.weibel@hispeed.ch